꿈을
굽다

꿈을 굽다

초판 1쇄 발행 2012년 12월 31일

지은이 정태규
펴낸이 강수걸
펴낸곳 산지니
편집 양아름 권경옥 손수경 윤은미
디자인 권문경
등록 2005년 2월 7일 제14-49호
주소 부산광역시 연제구 거제1동 1498-2 위너스빌딩 203호
전화 051-504-7070 | 팩스 051-507-7543
홈페이지 www.sanzinibook.com
전자우편 sanzini@sanzinibook.com
블로그 http://sanzinibook.tistory.com

*책값은 뒤표지에 있습니다.
*본 도서는 2012년 부산문화재단 지역문화예술육성지원 사업의
 일부지원으로 제작되었습니다.
*이 도서의 국립중앙도서관 출판시도서목록(CIP)은 e-CIP 홈페이지
 (http://www.nl.go.kr/ecip)에서 이용하실 수 있습니다.
 (CIP 제어번호: CIP 2012006165)

정태규 산문집

꿈을 굽다

산지니

날것으로서의 삶과 사유

등단 이후 여러 매체에 틈틈이 발표한 단문을 모아 첫 산
문집을 엮었다. 여기저기 매체의 편집의도에 따라 쓴 글
의 모음이다 보니 일관된 주제로 엮인 멋진 산문집이 되
지 못하고 그야말로 잡문의 저잣거리가 되고 말았다. 글
을 쓴 시점도 서로 차이가 지다 보니 현재 시점과 시대적
괴리가 있을 수 있다. 그 점 독자들의 너그러운 해량을 바
랄 뿐이다.

　그럼에도 불구하고 여기 실린 글들은 내 개인적으로 다
들 만만찮은 의미를 품고 있어 책을 엮어내는 감회가 새
롭다. 지난 이십여 년 동안의 내 생각과 감성과 삶이 일기
처럼 고스란히 드러나 있기 때문이다. 말하자면 소설의
형식으로 가공되지 않은, 날것으로서의 내 삶과 사유가
비린내를 풀풀 풍기고 있어 민망하기도 하고 글을 쓸 당
시의 내 삶의 포즈가 생각나 재미있기도 하다는 것이다.

　일관되지 못한 글들이지만 비슷한 주제로 분류해보니

몇 개의 장으로 그럴듯하게 묶을 수 있어 그나마 다행이란 생각이다. 소설가와 예술가로서, 문화를 생각하는 사람으로서, 책 읽는 사람으로서, 평생 교단에서 학생을 가르쳐온 선생으로서, 또 평범한 생활인으로서 바라본 삶의 의미로 묶어보았으니 그 사유의 깊이는 몰라도 다양성만큼은 보장한 셈이다.

책을 편집하는 와중에 한양대병원으로부터 ALS(일명 루게릭병)라는 진단을 받았다. 온몸의 근육이 조금씩 위축되고 마비되어 마침내 죽음에 이르는 끔찍한 병이지만 현재로선 마땅한 치료법이 없다고 한다. 십만 명당 한두 명 걸린다는 그 병이 하필 내게….

아직 혼란스럽고 절망적이다. 사실을 받아들이기가 힘들다.

그러나 13년째 이 병과 싸우며 마지막 남은 발가락 하나로 신문에 칼럼을 쓰고 있는 이원규 시인과 10여 년째 투병하며 투병기를 쓴 박승일 전 농구코치를 보며 희망의 끈을 놓지 않겠다.

모두에게, 특히 나에게, 주님의 가호가 있기를….

2012년 12월 25일 성탄일 밤에

| 차례 |

4장 • 빈 교실에 혼자 앉아

5장 • 살면서 가끔 우두커니 서서

1장

예술과 문학의 향기

알바트로스의 꿈

오늘날 반 고흐의 그림은 한 점당 몇십, 몇백억 원을 호가한다. 하지만 그는 살아 생전 단 한 점의 그림도 팔지 못하고 가난과 병마와 싸우다 결국 권총 자살로 생을 마감했다. 오죽했으면 빵과 물감 살 돈만 준다면 자기 그림을 다 주겠다고 했겠는가. 모딜리아니 역시 영양실조와 폐결핵으로 길거리에서 죽었다. 이중섭은 생활고에 못 이겨 처자를 일본 처가로 보내고 부산, 통영, 제주 등을 전전하며 부두 노동을 해야 했다. 그의 유명한 은지화(銀紙畵)는 당시 재료 살 돈이 없어 담배 은박지에 그린 그림이다. 그는 고독과 궁핍 속에 살다 영양실조와 간염으로 마흔의 나이에 세상을 떠났다. 당대에는 팔리지 않았던 그의 그림은 현재 국내 최고가에 이른다고 한다.

오늘날 위대한 예술가로 추앙받는 예술가 중에는 이루

어낸 예술적 업적에 비해 너무나 초라한 삶을 살다 간 사람들이 많다. 이들의 삶을 들여다보면 하나의 공통점을 발견할 수 있는데, 그것은 예술에 대한 완전한 몰두와 일상적인 삶과의 비타협적 태도이다. 그들은 기존의 제도와 전통적인 가치에 대한 거부와 저항을 예술로 실천했으며 예술적 가치를 위하여 일상적 가치를 돌보지 않았다. 그들은 자신의 예술을 위하여 인간이 살아가는 최소한의 조건인 호구지책과 자신의 건강마저 염두에 두지 않았다. 자신의 예술 세계가 한계에 부딪혔다고 느꼈을 땐 그 절망감으로 스스로 목숨을 버리기까지 했다. 이때 그들의 자살은 예술 행위의 연장이라고 할 수 있다. 조각가 권진규가 자살했을 때 어느 평론가는 그의 죽음을 '하나의 사건으로보다는 행위의 연장'으로 보면서 '작품이 갖는 끝없는 행위의 지속을 자동차 사고란 행위로 끝내었던 잭슨 폴록'의 죽음과 흡사하다고 했다. 결핵에 걸린 줄 알면서도 술을 계속 마시며 밤늦도록 작품에 매달렸던 이상과 김유정의 행위도 어찌 보면 자살에 가깝다.

아무도 알아주지 않는 상황에서 기본적인 인간적 조건과 생명마저 희생하며 탄생된 그들의 예술은 그래서 빛을 더한다. 여기서 우리는 그들의 고독을 이해해야 한다. 그들인들 왜 단란한 가정을 꾸리면서 건강하고 풍족한 생활을 영위하며 사회적 명성과 권력을 얻고 싶지 않았겠는가. 그들도 사람이기에 일상적 삶에 대한 욕구를 가질 수밖에 없었을 것이다. 그러한 일상적 욕구를 버려야 하는 그들은 예술과 삶 사이의 분열적 상황에 누구보다 민감하였을 것이다. 예술과 삶 사이의 분열은 그들을 괴롭힌다.

소설가 박태원은 『소설가 구보 씨의 일일』에서 예술적 욕구와 일상적 욕구 사이에서 방황하는 예술가의 모습을 잘 묘파한 바 있다. 소설가 구보는 '황금광 시대'를 추종하여 경제적 귀족이 된 친구들을 부러워하기도 하지만 결론적으로는 그들의 속물성을 경멸하며 소설가로서의 진정한 길을 찾고자 한다. 마르쿠제는 예술가를 두고 '이상과 현실, 예술과 생활, 주관과 객관이 험악하게 대립된 채 분리되어 있는 문화의 저주를 경험한다'며 고독하게 현실적 가치와 맞서는 존재라 하였다.

알바트로스란 새가 있다. 신천옹(信天翁)이라고 하는 그 새는 가장 멀리 날고 가장 높이 나는 새로 알려져 있다. 전설에 의하면 끝없이 하늘을 날 뿐 결코 땅에 내려앉는 법이 없다고 한다. 땅에 닿는 순간 그 새는 잘 걷지도 못해 사람들이나 짐승의 먹이가 된다는 것이다. 참예술가

13

는 바로 알바트로스와 같은 존재이다. 예술적 가치를 위하여 끝없이 비상할 때 살아 있을 수 있으며, 일상적 가치에 안주할 때 그는 죽는다.

사이비 예술가들이 넘쳐나는 세상이다. 사이비 예술가들은 땅 위의 일상적인 먹이—권력과 명예와 욕망을 뒤뚱거리며 쫓아가면서도 자신은 하늘을 날고 있다고 지껄인다. 거위인 주제에 자신을 알바트로스로 착각하고 있다.

알바트로스는 멸종되어가고 거위들의 못난 날갯짓이 무성한 세상이다. 처음에 가졌던 알바트로스에 대한 나의 꿈은 어디로 가버렸나. 꿈도 꾸지 않는 거위가 되어 나는 꿍꿍거리며 살아왔구나.

초발심(初發心)

그해 가을, 나는 새삼스레 세상을 다시 배우고 있었다. 난생 처음으로 최루가스에 눈물 콧물 질질 흘려가며 데모라는 걸 해보았고, 죽자고 따라다녔던 계집애로부터 영원한 결별을 선언당했다. 최루탄의 그 따가움과 실연의 그 쓰라림을 심신으로, 그것도 한꺼번에 당하면서 나는 '인생의 쓴맛'을 어렴풋이나마 깨달아가고 있었는지 모른다. 비로소 철이 들기 시작했다고 할까.

그해 겨울, 나는 당연히 기분이 영 지랄 같았다. 우리가 그렇게 어깨와 어깨를 겯고 눈물 콧물을 대책 없이 흘려가며 고함을 질렀음에도 불구하고, 그리하여 그 고함소리에 놀라 대통령이 즉사하였음에도 불구하고, 여전히 정의의 봄은 오지 않았고, 그놈의 잘난 계집애는 찾아간 나에게 차갑기 그지없는 뒷모습을 보이며 돌아서서 눈앞의 문을 단호하게 닫고 사라졌다.

나는 절망했다. 계집애의 그 문이나 세상의 문은 이제 영원히 나를 향해 열릴 것 같지 않았다. 집에서까지 멀리

15

떨어져 있었던 나는 세상 속에 혼자 내버려진 듯한 어쭙 잖은 외로움에 젖어 한동안 술에 절어 살았다.

지금 뒤돌아보면 참으로 같잖은 절망감이요 외로움이 란 느낌이지만, 그 당시로는 그게 얼마나 절실한 감정이 었는지 지금도 기억에 생생하다. 시장통 막걸리집에서 취 해 나오다 지나가는 자가용을 발길로 차버려 운전수와 대 판 싸운 일도 있고, 음악다방에서 밥 딜런의 「바람에 날 려Blowing in the wind」를 듣다 말고 그게 무슨 그렇게 슬픈 노래라고 남자가 눈물을 줄줄 뽑으며 운 적도 있다. 그때는 그런 일이 감상적이냐 아니냐 하는 차원을 떠나 정말 그렇게 분노에 차고 글자 그대로 폐부를 찌르듯이 슬펐다.

결국 나는 절망감과 외로움에 쫓겨 휴학계를 내고 자취 방의 짐을 챙겨 시골집으로 올라왔다. 그러곤 시골집의 뒤채 골방에 틀어박혔다. 그 어두운 골방에서 겨울 내내 내가 붙잡고 매달린 화두가 바로 소설 쓰기였다.

이 세상에 대해서, 그리고 세상의 인간에 대해서 뭔가 를 쓰고 싶었다. 그 뭔가가 말이 되는 소린지 아닌지 하는 것은 차후의 문제였다. 그저 무엇이라도 쓰지 않고는 배 길 수 없는 심정이었다. 나는 정신없이 써내려가기 시작했다.

 나는 지금도 그때의 내가 일종의 미친 상태에 빠져 있지 않았나 의심이 들 때가 있다. 밥을 먹지 않아도 배가 고프지 않았고, 온밤을 꼬박 새우고도 낮에 잠이 오지 않았다. 나는 오로지 내가 만들어낸 인물들과, 그들의 말과 행동과 의식을 따라가기에 몰두해 있었다. 그들이 내 스스로가 만들어낸 허구의 인물이 아니라 실재하는 인물로 착각하지나 않았는지 모르겠단 생각이 나중에 들기도 했다.

 나는 지금도 자신 있게 말할 수 없다. 그때의 그 치열했던 열정이 과연 어디에서 왔는지. 그러나 모르긴 모르되, 그건 그때 내가 안고 있던 절망감과 외로움의 순수함에서 기인한 것이 아닐까 한다. 세상을 받아들이는 순수한 마음(그것이 절망감으로든 외로움으로든)이 그렇게 온전한 열정을 자아내지 않았을까. 그 열정은 곧 나를 향해 닫혀버린 세상의 문을 열고 싶어 한 열망의 다른 표현이었으리라.

 그 열정 덕분에 나는 스스로 유폐된 지 보름 만에 소설 비슷한 물건을 하나 들고 골방의 문을 나설 수 있었다. 그리고 그 이후 나는 소설에 발목 잡혀 지금껏 가당찮은 소설쟁이로 행세해오고 있다. 그러나 나는 다시는 그때처럼 그런 광증과 같은 열정으로 소설을 써보지 못했다. 먹지 않고 자지 않아도 두 눈 부릅뜨고 세상과 대면할 수 있었던 그 정체 모를 열정을 다시는 경험할 수 없었다. 그건 세상을 받아들이는 나의 순수한 마음이 이런저런 이유로 낡고 때 묻어갔기 때문일 것이다.

나는 지금 그립다. 세상을 향해 아무런 보상을 바라지 않던 은밀한 내 열정이. 그 열정의 반짝이던 순수함이. 그때 그 열정의 5할만 간직해왔더라도 나는 훨씬 좋은 소설을 더 많이 쓸 수 있지 않았을까. 처음의 그 마음과 열정, 그걸 불가(佛家)에선 초발심이라 하던가. 오, 그리운 초발심. 그것이 한 번이라도 다시 찾아온다면 나는 정말 멋진 작품을 쓸 수 있을 것 같다. 그러나 그것이 다시는 내게 찾아오지 않을 것 같은 예감에 나는 두렵다.

갈천리에서

지금 나는 갈천리 산골짜기에서 비 갠 여름 산을 보고 있다. 골짜기 너머론 구름의 터진 틈으로 푸른 하늘이 문득문득 보인다. 짙푸른 산등성이론 안개구름이 그 드리운 치맛자락을 천천히 끌며 지나간다. 그건 아무래도 한없이 느리고 부드러운 애무의 몸짓 같다. 계곡의 물을 막아 만든 소류지의 수면엔 바람이 불 적마다 푸른 잔물결이 일어난다. 물결이 너무 잘고 고와서 물결이 아니라 그 부분만 물빛이 변한 것으로 착각하게 된다. 건너편 산기슭으로 흰 날개의 물새가 이따금 날아간다. 나는 둑 위의 풀밭에 앉아 이런 광경을 하염없이 바라보고 있다. 그리고 하루 종일 아무 말도 하지 않아도 좋았다. 기실 이야기할 상대도 없다.

소설을 쓰겠답시고 보따리를 챙겨 이 골짜기의 산장으로 들어온 지 벌써 닷새가 지났다. 하지만 나는 소설 쓰기보단 이 골짜기의 풍광에 정신을 더 뺏기고 있다. 글쓰기는 도무지 진척이 없다. 그건 아마 이 자연의 아름다움에 비하면 내 글쓰기라는 것이 얼마나 작위적이고 위선적인가 하는 자격지심 때문일 것이다. 흘러갈 데는 흘러가고, 불어올 것은 불어오고, 날아갈 것은 날아가고, 지나갈 것은 지나가는 저 자연은 얼마나 자연스러운가. 거기에 비해 우리의 삶은, 그 삶을 모방하는 소설은 또 얼마나 비틀리고 남루하고 억지스러운가.

소설을 쓰겠다고 이런 산골 오지로 혼자 기어들어와 청승을 떨고 있는 것도 어쩌면 그런 억지스러움의 하나일 것이다. 이런 억지스런 자폐가 과연 소설 쓰기에 얼마나 도움이 될까. 이런 유난을 떨고서도 제대로 된 글 한 편 건지지 못하고 시간만 죽이고 간다면 얼마나 한심할 것인가.

그러나 전연 소득이 없었던 것은 아니다. 하루 종일 말한 마디 하지 않고 그저 무심히 골짜기와 수면만 바라보면서, 나는 외로움이란 감정을 회복해가고 있다. 그래, 나는 너무 오랫동안 외로움이란 걸 잊고 살았다. 많은 사람과의 관계와 관계 속에서 나는 외로워할 엄두도 내지 못했다. 끝없는 일과 일상에 쫓기며 나는 외로워할 겨를마저 잃었는지도 모른다. 외로움은 자신을 되돌아보게 한다. 글을 쓴다는 것은 곧 자신을 되돌아보는 일이다. 그러므로 외로움은 글을 쓰게 하는 힘이 된다.

갈천리의 밤은 빨리 온다. 산기슭의 짙은 숲에서 슬금슬금 퍼져 나온 어둠이 점차 골짜기 전체를 점령해간다. 한 두엇이 궁싯대던 낚시꾼도 돌아가고, 산장 주인도 일찌감치 불을 끄고 기척이 없다. 소류지의 물빛은 깊이를 알 수 없는 두려운 먹빛이다. 새소리도 그치고, 숲에서 후드득 빗방울 듣는 소리가 들린다. 이 골짜기에서 오직 나 혼자만 어두운 숲을 바라보고 있다. 골짜기에 고여 있는 어둠의 깊이를 재어보고 있다. 그러노라면 어쩔 수 없는 외로움이 오딧물처럼 가슴으로 스며든다. 이 어둠 속에 나 혼자 버려진 느낌이다. 그 외로움은 자꾸 가슴에 쌓인다. 이렇게 외로움이 쌓이다 보면 내일이라도 작품을 쓰게 될 수 있을까.

그러나 지금 내가 느끼는 외로움은 가짜다. 그건 내가 스스로 만들어낸 외로움이다. 그건 인조 외로움이며, 감상이다. 이 골짜기를 떠나기만 하면 언제든 사라질 외로움이다. 따라서 그런 외로움에 기대어 써낸 작품도 가짜이기 십상일 것이다.

진정한 소설 쓰기에 필요한 것은 진정한 외로움이다. 저 세상의 부조리와, 우리 인생의 부조리와, 저 우주의 부조리에 당당하게 홀로 대면하고 선 자의 외로움, 그런 외로움이 진정한 소설을 낳는 것일 게다. '열사의 끝에서 회한 없는 백골을 쪼이겠다'는 각오로 운명과 마주서는 그런 외로움. 언제 나는 그런 외로움을 가져볼 수 있을까. 그런 외로움에 기대어서라면 저 지극히 자연스런 자연처럼 그런 천의무봉의 작품을 하나쯤 써낼 수 있을지도 모르겠다. 그러나 그건 언제나 천박한 욕심과 숨 막히는 일상 속에서 빠듯이 살아가는 나에겐 늘 희망사항으로 남아 있을 뿐.

글에 대한 겸손

언어란 결국, 인간이 자기의 생각과 느낌을 타인에게 전달하는 가장 손쉽고 효과적인 수단일 것이다. 그러나 언어로써 자신의 사상과 감정을 남에게 온전히 전부 다 전달할 수 있다고 생각하는 것은 환상에 지나지 않는다. 도대체 언어만큼 불완전하고 오염된 전달 매체도 없기 때문이다. 그래서 노자는 '도를 도라 말할 수 있으면 도가 아니다'고 하지 않았을까. 도(道=진리)는 언어적 형태로 전달되는 것이 아니라 초언어적(말없음) 형태로 전달된다는 것이다.

그러나 문학은 결국 언어를 전달수단으로 전제해야만 성립되는 예술이다. 그것은 상대적으로 덜 불완전하고 덜 오염된 매체를 가진 음악이나 미술이나 무용 등의 타 예술 분야보다 문학이 훨씬 불리한 위치에서 출발한다는 것을 말해준다. 언어는 작가 개인의 의미로 사용할 수 없는 성질의 것이다. 그것은 이미 사회적 의미를 확고하게 가지고 있으며, 따라서 작가는 그 의미의 한계 내에서 언어를 사용할 수밖에 없는 제약성을 지닌다. 작가는 이러한 언어의 본질적 제약성을 뚫고 자신의 특유한 사상과 감정을 형상화해내어야 한다. 또한 작가는 문학의 각 장르가 가지는 형식적 제약성을 극복해야 되는 이중의 고통을 감내해야 한다.

작품 하나를 발표해놓으면 그걸 읽어본 사람들의 반응은 천차만별이다. 동일한 작품에 대해서 어떻게 이렇게 다르게 느낄 수 있는지 내심 감탄을 할 지경이다. 극찬을 아끼지 않는 사람이 있는가 하면, 이런 저런 이유로 평가절하하기에 바쁜 사람도 있고, 그런 작품에 대해서 언급을 하는 것 자체가 가치 없다는 듯 매우 오만한 태도를 보여주는 사람도 있다.

또 작품에 대한 해석도 일치하는 경우가 드물다. 내가 은근히 의도한 행간의 의미를 제대로 읽어주는 이를 만나면 퍽 반가운데, 그런 이는 만나기가 썩 어렵다. 재미 있는 것은 내가 전혀 의도하지도 않았고 생각해보지도 않는 의미를 작품의 앞뒤에서 맞추어 내어놓는 경우이다. 그 논리가 하도 교묘해서 절로 고개를 끄덕이면서도 속으로 고소를 금할 수가 없게 된다. 정말 곤란한 경우는 작품의 어느 일부만의 의미를 확대 해석해 작품의 전체적인 의미를 전혀 엉뚱하게 바라보는 경우이다.

아무튼 글을 통해, 게다가 소설을 통해 자신의 마음속 진실을 전달한다는 것이 얼마나 지난한 일인가를 깨닫게 되는 대목이다. 또한 글을 대하는 자신의 능력에 대해서 참으로 겸손해야 한다는 걸 새삼 깨닫게 된다. 자신의 언어가 자신의 진실을 그대로 보여줄 것이라고 믿는 것은 어리석은 오만일 것이다. 때때로 자신의 언어가 자신을 배반하기도 한다는 사실을 깨닫는 것, 그리하여 자신의 언어를 보다 진실에 가깝도록 갈고 닦기를 게을리 않는 것, 그것이 글에 대한 겸손이 아닐까.

그러나 너무 경직되게 생각할 필요는 없을 것 같다. 하나의 작품에 대한 독자의 구구한 해석은 어쩌면 자연스럽고도 당연한 것인지도 모르니까. 발표된 작품은 이미 작가의 손을 떠난 것이다. 그것은 더 이상 작가 개인의 글이 아니다. 그 해석은 온전히 독자의 몫인 것이다. 그 독자의 해석이 다양한 층위를 이룬다는 것은 어쩌면 고무적일 수도 있다. 단지 우리가 염려해야 할 것은 그 다양한 해석을 자신의 작품이 지닌 진실의 함량 부족을 가리려는 포장지로 사용해서는 안 된다는 것이다. 이렇게도 해석할 수 있고 저렇게도 해석할 수 있다는 것과 진실이 있느냐 없느냐 하는 것은 별개의 문제이다.

중요한 것은 진실이다. 진실, 그것은 모든 글의 알파요 오메가이다. 우리는 종종 이 사실을 잊어버린다. 자신의 글재주에 취해서 글에 대한 겸손함을 잃고 있기 때문이다. 수백 마디의 화려한 말재주보다 진실한 한 마디의 말이 더욱 아쉬워진 세상.

늑대를 찾아

내 가까운 친척 중에 아저씨뻘 되는 한 분은 알코올중독
자였다. 어릴 적부터 보아온 그 아저씨는 밤낮 술에 취해
있었다. 대낮에도 주막거리의 한 모퉁이에 쓰러져 있거
나, 저녁 무렵 뜻 모를 소리를 질러대며 마을의 고샅길을
흐느적거리며 들어서는 그를 발견하기란 어려운 일이 아
니었다. 주사도 고약해서 아무나 만나면 시비를 걸고 행
패를 부렸다. 특히 집안 식구를 못살게 굴어 그 키가 크고
말수 적던 아주머니는 노상 눈가에 시퍼런 멍을 달고 살
았다. 아이를 둘이나 두었지만 그 아주머니는 끝내 밤도
망을 가버렸고, 얼마 후에 그 아저씨도 아이들을 우리 집
안에 맡겨두고 외지를 떠돌다 종적이 묘연해졌다.

그 아저씨를 생각하면 언제부턴가 늑대 한 마리가 머리
에 떠오르곤 했다. 달밤에 바위산 꼭대기에 홀로 서서 달
을 향해 머리를 치켜세우고 울어대는 늑대 한 마리. 방금
황야를 건너와 지치고 외로운, 그래서 더욱 길고 깊은 소
리로 울고 있는 늑대 한 마리.

그 아저씨와 늑대를 연결시키는 것은 좀 생뚱맞다는 느낌이었지만, 그건 내 선택의 문제가 아니었다. 그 아저씨의 모습을 왜 하필이면 늑대의 이미지와 결합시켰을까? 그건 나도 알 수가 없는 일이었다. 아저씨의 모습이 늑대를 연상시킨 것인지 아니면 늑대의 이미지가 아저씨에 대한 생각을 촉발시킨 것인지 그것도 이제는 기연미연하다.

아무튼 나는 오랫동안 내 머리 속을 지배해온 이 두 이미지를 한데 엮어 「길 위에서」란 작품을 썼는데, 그게 꽤 호평을 받았다. 그 호평의 8할은 아마도 이 두 이미지의 결합에서 기인할 것이다. 하긴 나중엔, 이 두 이미지를 내세운 것이 자기가 술자리에서 이야기한 아이디어를 도용한 것이라는 궤변을 스스럼없이 늘어놓는 사람까지 생겨났으니, 그게 그런 식의 졸렬한 질투심을 불러일으킬 만큼 매력적인 이미지 조합인 것은 사실이었지 않나 싶다.

지난 두 학기 동안 대학 강단에서 소설 창작 과목을 강의한 바 있고, 또 어쭙잖게도 그와 유사한 강좌에 여기저기 불려다녔다. 그러나 그럴 때마다 소설을 쓰는 법에 대해 열변을 토해 강의를 하면서도 한편으로 늘 품게 되는 의문은, 과연 타인에게 소설 쓰는 법을 가르친다는 게 가능한 일일까 하는 것이었다. 다른 예술 장르, 다른 문학

장르도 마찬가지겠지만, 소설 쓰기란 결국 인생의 기미 (幾微)를 알아차리고자 하는 나름대로의 시도일 것이다. 인생의 기미를 알아차리는 예민한 감수성을 기른다는 것이 과연 가르쳐서 될 성질의 것인가, 그것이 가능하지 않다면 내가 가르치는 행위는 무슨 의미가 있는가, 이것이 늘 나를 괴롭히는 생각이었다. 말하자면 내 어릴 적 아저씨의 모습에서 늑대의 이미지를, 그 수많은 사물과 이미지 중에서 하필이면 늑대의 이미지를 연상하는 것, 그것이 비유든 상징이든 이 두 관념을 결합시키는 감수성을 가르쳐준다는 것이 가능하겠는가 하는 것이다.

확실히 그것은 불가능해 보인다. 인생의 기미를 알아차리는 감수성은 개개인의 전 인생과 깊게 관련된 고유한 자질의 영역에 속하기 때문이다. 그래서 내가 도달한 결론은 모든 문학창작 강의는 사실상 불가능하다는 것이었다.

그러나 문제는 그렇게 간단치가 않다. 우리는 적어도 이렇게는 말할 수 있지 않을까. 우리를 둘러싸고 있는 이 세상의 모든 것에는 다 인생의 기미가 숨겨져 있다, 다만 우리가 그 사실을 모르거나 알면서도 그것을 찾으려 하지 않고 느끼려 하지 않기 때문에 알아채지 못할 뿐이다, 라고. 찾으려는 노력과 의지만 있다면 까짓것 못 찾을 것도 없지 않겠는가.

모름지기 늑대를 한 마리 키울 일이다. 머리로써가 아니라 온몸으로, 이 삼라만상에 깃들어 있는 우리 인생의 기미를 알아채는 저 원시적 감수성으로 충만한 늑대를 한 마리 가슴에 품을 일이다. 저 창백한 이성과 관념의 숲에서 우리가 잃어버린 은빛 늑대 한 마리를.

생각의 씨

몇 해 전, 새벽에 경주의 계림을 간 적이 있다. 그 오래된 숲에는 아무도 없었고 짙은 새벽안개만이 천천히 흐르고 있었다. 안개를 따라 걷다가 갑자기 눈앞을 막아서는 거인들을 보고 적이 놀랐다. 그 거인은 몇백 년 묵은 갯버들 나무였다. 그것은 거인이라기보단 무슨 괴물처럼 보였다. 세 아름쯤이나 될 듯한 거대한 나무의 아래 둥치는 곧장 자란 것이 아니라 이리저리 뒤틀려 있었다. 그래서 그 나무가 고통스럽게 꿈틀거리고 있는 듯이 보였다. 나무가 마치 제 몸에 쌓인 그 오랜 시간의 중량을 견디지 못해 괴로워하고 있는 듯했다. 나는 나무의 그 꿈틀거림을 오래 바라다보았다. 그러노라니 나무에 퇴적된 시간을 지층처럼 만질 수 있을 것 같은 느낌이 들었다. 어쩐지 무서운 생각이 들면서 내 속의 누군가가 말했다. 이건 소설감이야.

잘된 단편소설을 읽으면 이 작가는 이 기발한 소설의 모티브를 제일 처음 어디에서 구했을까 하고 늘 궁금해진다. 유장하게 흘러가는 강물을 보며 그 발원지가 궁금해지는 것처럼 이 소설을 쓰도록 추동시킨 그 첫 생각의 씨가 흥미로워지는 것이다. 그러나 동료 작가에게 넌지시 물어보아도 시원스레 대답해주는 일은 드물다. 아마 그걸 밝히면 작품의 신비성이 훼손된다는 생각에서인 것 같다.

　내 경우는 참 시답잖은 데서 작품의 동기를 구하는 편이다. 예전에 서울 살 때, 지하철 2호선 순환선에서 가방을 선반에 놓고 내린 일이 있었다. 그냥 포기할까 하다가 혹시나 싶어 역무원에게 문의했더니, 순환선의 경우엔 가방이 그대로 있을 가능성이 많다는 것이었다. 그리고 그 열차가 시내를 한 바퀴 돌아올 때까지 기다렸다가 조사를 해보라는 대답이었다. 반신반의하며 한 시간여를 기다려 시키는 대로 했더니, 아, 가방이 그대로 선반에 얹혀 있는 게 아닌가. 혼자 서울의 지하를 돌아오느라 설움 타는 아이마냥 풀이 죽은 표정이었지만 가방은 내가 올려놓은 모양대로 얌전히 있었다. 그때의 감격이란……. 그 감격의 끝에서 뭔가 머리를 스치는 생각이 있었다. 돌아옴과 되찾음, 여기에 무슨 의미가 없을까 하는 생각이 퍼뜩 떠오르는 것이었다. 이 생각의 꼬투리, 이 생각의 씨를 살려 나는 작품 하나를 완성할 수 있었다.

그 얼마 후, 나는 콜린 윌슨의 저서 『세계 불가사의 백과』에서 영국 네스 호수에 산다는 괴물 네시에 대한 글을 읽었다. 윌슨은 그 특유의 분석력으로 네시의 정체에 대한 다양한 추정을 내려놓고 있었다. 그 분석 중에 특히 흥미로웠던 것은 심리학자 융의 이론을 빌려 네시가 사람들의 어떤 무의식의 '투영'일 수 있다고 추정한 것이었다. 이 부분에 이르러 나는 그럼 과연 어떤 형태의 무의식이 투영된 것일까 하고 나름대로 고심해보았다. 그러면서 갑자기 이게 글감이 되겠다는 생각이 드는 것이었다. 또한 이 생각의 씨를 파종하여, 아이사타란 나라를 만들고 파나류라는 호수를 만들어 그 속에 네시 대신 용을 한 마리 풀어놓았다. 그랬더니 이게 제법 그럴듯한 이야깃거리가 되는 거였다.

글은 바로 이러한 작은 생각의 씨에서 시작하는 것 같다. 도도하게 흐르는 칠백 리 낙동강이 태백산의 한 작은 샘에서 시작되듯이……. 이 작은 생각의 씨가 한 작가의 가슴에 파종되어 싹이 돋고 잎이 나고 마침내 꽃을 피운 것이 바로 한 편의 글일 것이다. 작가가 할 일은 보다 많은 생각의 씨를 가슴에 품는 일이다. 그러나 그 생각의 씨는 가만히 있는 사람에겐 오지 않는다. 그건 끊임없이 찾고 기다리는 사람에게만 오는 것이 아닐까. 우리를 에워싼 인간과 세계에 대한 부단한 관심으로 그 의미 찾기에 나설 때 씨를 품을 수가 있는 것일 게다.

경주 계림의 그 꿈틀거리는 나무에서 추동된 생각의 씨가 졸작 「시간의 향기」로 완성을 본 것은 퍽 다행한 일이다.

소설가 지망생 N형에게

N형! 언젠가 술자리에서 형이 보였던 눈물을 기억합니다. 신춘문예에 십여 차례나 낙선하였다는 말끝에 형은 울먹이며 이렇게 한탄했지요. 왜 세상은 기성의 잣대로만 나의 작품을 재단하려 하는가, 단편 한 편을 쓰기 위해 내가 바친 고뇌와 고심과 그 피 말리는 고통을 당신들이 이해하는가, 오직 작가가 되기 위해 서른 후반까지 장가도 가지 않고 변변한 직장을 잡지도 못한 나에게 왜 세상은 한 번도 문을 열어주지 않는가라고요.

취기에 기대지 않았다면 결코 형의 입에서 나오질 않았을 격앙된 어조였습니다. 또한 세상에 대한 터무니없는 투정 같은 내용이었지요. 그러나 오랜 세월 시나브로 형의 가슴에 쌓인 한의 두께를 엿보는 것 같아 마음 한편이 찌르르 아파왔습니다. 나의 그 '마음 아픔'을 형의 표현대로 '이미 기성이 된 자의 동정' 같은 것으로 매도하지는 말아주십시오. 나 또한 형처럼 오랫동안은 아니라 하더라도 등단을 위해 지독한 열병을 앓았으며, 기대와 절망 사

이를 오가며 열패감의 심연을 헤매어본 적이 한두 번이
아닙니다.

N형! 나는 오히려, 결코 기성과 타협하지 않고 창의적
인 글쓰기에 정진해나가는 형의 그 고집을 사랑합니다.
이 세상의 어떤 일보다 소설 쓰기가 가장 가치 있다고 믿
고, 모든 인생을 걸어버린 형의 그 무모한 열정을 존경합
니다. 요즘 세상에 돈도 명예도 이젠 별 볼일 없어진 순수
작가가 되기 위해 일상을 포기한다는 것이 어디 쉬운 일
이겠습니까.

형의 그 창의성과 열정에 세상이 즉각적인 반응을 보여
주었더라면 얼마나 좋았을까요. 그러나 세상은 늘 그렇듯
우리 마음먹은 대로 잘 되어주지 않는 것 같습니다. 하긴
세상이 마음대로 잘 되어준다면 왜 소설 쓰기가 필요하겠
습니까. 그게 안 되니까 소설이 필요한 것이고, 또 소설을
쓰게 되는 것이 아닐까요.

N형! 건방진 소리 같지만, 세상일에는 제 아무리 뜨거
운 열정이라도 그것만으로는 안 되는 것이 있는 것 같습
니다. 게다가 그 열정에 눈이 멀어 있다면 더더욱 안 되겠
지요. 눈이 먼 열정은 방향 없는 집착에 지나지 않을 테니
까요. 그래서 우리에게 필요한 것은 자신의 열정을 되돌

아볼 수 있는 눈이 아닐까 합니다. 말하자면 반성의 시각이지요. 열정의 불을 끄고, 대신 고요한 물로 자신의 채워보는 마음이 때때로 필요한 것이 아닐까요.

N형! 가덕도의 숭어잡이 이야기를 아시는지요. 배들은 물밑에 그물을 내려놓고 숭어 떼들이 연안으로 몰려오기를 기다리고 있기만 하면 된다고 합니다. 그러면 해안 뒤편 산꼭대기에 올라간 어로장이라는 사람이 바다를 감시하고 있다가 숭어 떼가 몰려오면 신호를 해, 배들이 일제히 그물을 당겨 숭어를 잡아 올리는 것이지요. 이 작업에서 가장 중요한 것은 어로장이 숭어 떼가 물밑으로 몰려왔는지 아닌지를 판단하는 일입니다. 그 어로장은 바다 색깔의 미묘한 변화를 감지해 그것을 알 수 있다고 합니다. 그러나 그 어로장은 그 바다 색깔의 변화를 어느 누구에게도 말로 설명할 수가 없다고 하더군요. 그건 순전히 오랜 경험과 감각에서 나온 판단일 뿐이기 때문이지요. 그 능력은 결코 열정만으로 얻을 수 있는 것이 아닐 것입니다. 그것은 오랜 세월 산꼭대기에서 마음을 텅 비우고 겸허한 마음으로 바다를 바라볼 때 생기는 것일 겝니다.

인생의 기미를 알아채는 능력도 마찬가지라고 생각합니다. 눈 먼 열정에서 벗어나 모름지기 마음을 고독과 관조에 머무르게 하는 것이 중요하리라 생각합니다.

그리고 막말로 그까짓 소설 그거 안 쓰면 또 어떻습니까. 이 세상엔 소설 쓰기보다 더 가치로운 일이 얼마나 많습니까. 때로는 구세군 냄비에 지갑의 돈을 몽땅 털어 넣어주는 일이 소설 한 편 쓰는 일보다 더 가치로울지 모릅니다.

형에게 아무런 위로도, 도움도 되지 못하는 어쭙잖은 소리만 늘어놓은 것 같아 죄송합니다. 그러나 N형, 짝사랑하던 여인이 끝내 이쪽의 마음을 알아주지 않는다 하여도 그 여인을 미워하지는 맙시다. 사랑은 이루어지지 않는다 하여도 늘 사랑으로 남을 때가 아름답지 않겠습니까. 세상이 나를 향해 문을 열지 않는다 하여도 세상을 향해 문을 닫아버리지 맙시다. 소설 쓰기는 끊임없이 그 세상의 문을 열기 위한 아름다운 시도이며, 시도여야 하니까요.

숲의 정령을 위해

조카의 생일 선물로 사주었던 만화 잡지를 우연히 보다가 엉뚱하게도 생태주의 문학이란 말이 떠올랐다. 그 두툼한 잡지의 다양한 만화 중에서 자연과 전원을 배경으로 하는 작품이 하나도 없었기 때문이었다. 어린 날 우리를 매료시켰던 만화에는 숲이 있고 나무가 있고 시냇물이 흐르고 새가 나는 풍경으로 가득 차 있었다. 그러나 요즘의 만화엔 숲과 나무와 전원이 사라지고 없었다. 대신 기괴하기 짝이 없는 괴물과 로봇이 등장해 툭하면 전투를 벌이고 광선과 미사일을 쏘아대고 그리하여 수없이 폭발하고 사라졌다.

　나는 시골에서 태어나고 자란 것을 퍽 다행으로 생각한다. 특히 소설을 써오면서 그런 생각이 더욱 절실해졌다. 어렸을 때의 시골 생활이 내 소설의 풍부한 글감이 되어주기 때문이다. 그때 내가 뛰놀았던 자연과 전원에 대한 기억은 글을 쓰다 막힐 때마다 언제나 구세주의 역할을 하곤 한다. 돌아가신 요산 김정한 선생님께서는 '글을 쓰다 막히면 자연을 창으로 삼으라'고 하셨는데 아마 그 말을 나만큼 절실히 체득하고 있는 이도 드물 것 같다.

집 앞을 흐르던 맑은 개울물과 검정고무신으로 잡아 올리던 은빛 붕어들, 해거름에 산길을 내려오는 나무꾼들의 높다란 나뭇단에 꽂혀 있던 진달래 묶음, 누렇게 익은 보리가 바람에 출렁이던 들판, 뽕나무 가지에 바지를 찢겨 가며 따먹던 오디의 붉은 맛, 호미로 밭두둑을 건드리기만 해도 툭툭 불거져 나오던 고구마, 여름 한낮에 혼곤한 낮잠에서 깨어나 듣던 그 짙푸른 매미 소리, 추수가 끝난 텅 빈 들판으로 날려 보내던 화살의 하얀 포물선, 볏짚단의 황금빛 냄새, 눈 내린 다음 날 산토끼 몰이를 위해 마을 아이들과 눈 덮인 산길을 오르던 그 눈부신 아침…….

나는 어느 작품에서 이처럼 내 시골에서의 어린 시절을 묘사한 적이 있다. 나는 소설을 퍽 고통스럽게 쓰는 편이지만, 자연을 묘사하는 부분에 이르면 왠지 신명이 나서 술술 써지는 편이다. 처음 쓴 초고가 마음에 드는 경우가 별로 없어 몇 번이고 손질을 하지만, 이런 부분의 글은 대개 초고대로 그냥 둔다. 잘 쓰고 못 쓰고를 떠나 처음에 떠오른 감정을 그대로 간직하고 싶기 때문이다.

인간의 물질적 욕망을 끝없이 증폭시켜온 자본주의는

독주의 체제를 갖추었다. 그것을 이제껏 견제해오던 사회주의가 무너졌기 때문이다. 그렇다면 과연 자본주의는 이대로 좋은가. 끝없는 물질의 소비를 전제로 성립하는 자본주의는 태생적으로 그 소비되는 물질만큼의 자연과 환경 파괴를 가져올 수밖에 없다. 그리하여 숲은 베어져나가고, 그 숲에 살던 풀과 나무와 바위와 새와 짐승의 정령도 자취를 감추어간다. 아이들의 만화에서조차……. 그 숲과 정령이 사라진 곳에서 과연 인간은 행복할 수 있을까. 아니, 생존이라도 할 수 있을까.

자본주의의 저 오만한 독주를 저지할 수 있는 유일한 대안으로 생태주의 운동을 들 수밖에 없는 이유가 여기에 있지 않을까. 21세기의 벽두에 서 있는 지금, 자본주의는 새로운 밀레니엄에서의 화려한 테크노피아 환상을 우리에게 심어주기 바쁘다. 그러나 상업주의와 과학 만능주의와 물질주의의 토대 위에 서 있는 그 테크노피아에서 인간의 영혼은 과연 행복할 수 있을까.

그 어느 때보다도 인간의 생존을 위협받고 있는 지금 문학이 맡아야 할 중요한 임무 가운데 하나는 저 도저한 물질적 욕망으로부터 우리의 숲과 전원과 자연을 지켜내는 것이라는 생각이 든다. 그리하여 문학이 자연세계에서 인간의 위치를 새롭게 깨닫게 해야 하는 것이다. 아이의 만화를 읽으며 이런 가당찮은 생각이 드는 것이다.

　그런 문학을 환경 문학이라고 하던가, 생태주의 문학이라고 하던가. 아무튼 앞으로의 내 소설이 이런 생태주의와 행복한 결합을 하여, 적어도 내 소설 속에서는 숲의 정령이 밤마다 사람 몰래 날아다니며 휘파람도 불고 웃기도 하고, 사랑도 하고 아이도 낳고 살게 했으면 좋겠다는 바람을 가져본다.

집을 짓는 힘

내 후배 시인 중에는 괴짜가 하나 있다. 그는 칠팔 년 전에 부산의 그럴듯한 직장을 버리고 혼자 산골 오지인 이곳 갈천리에 들어와 산다. 마을의 제일 윗집인 오두막집에 살면서도 그는 아무 부러울 것 없다는 듯이 언제나 싱글싱글 웃는 얼굴이다.

한데 이 낙천적인 친구가 무슨 바람이 불었는지 그 오두막을 대대적으로 수리하기 시작했다. 방을 두 칸이나 더 들이고 현대식 화장실과 부엌을 갖춘 저택(?)으로 꾸미고 있는 것이다. 나는 틈틈이 이 친구 집을 찾아가 공사의 진척 상황을 지켜보다 오곤 한다.

그러나 내가 정작 흥미를 가진 것은 공사의 진척 상황 따위가 아니라, 그 일을 해주러 온 일꾼들이었다. 이웃 마을에 산다는 서른 후반의 젊은 두 일꾼, 손 형과 강 형은 모두 다 십 년 전, 혹은 칠팔 년 전에 직장 생활과 대도시 생활을 버리고 귀향한 사람들이다. 그들은 이제 고향에서 농사를 짓고 황소만 한 사슴과 몇백 마리의 흑염소와 분재를 키우며 살고 있다. 그러면서도 이웃의 주택개조공사에 무보수로 와서 일을 봐주고 있는 것이다.

이 세 사람이 일을 하는 모양을 가만히 지켜보노라면 참 재미있다. 집주인인 내 후배 시인은 하는 일 없이 바쁘다. 겉으로 보기엔 자기가 일은 다하는 양, 검댕과 흙먼지를 온통 묻히고 다닌다. 그러나 정말 참일꾼은 손 형과 강 형이다. 이 두 사람이 일을 하는 모양새를 보면 참 아름답다는 생각이 든다. 건장한 근육질의 팔다리를 놀리며 그들은 참으로 열심히 일을 한다. 그 좁은 마당에서 경운기를 180도로 돌리는 그들의 기술은 신기에 가까웠다. 게다가 목공일과 미장일, 배관과 수도 보일러에 이르기까지 그들은 정말 못하는 일이 없다. 집이 완성되면 아마 그 8할은 이 두 일꾼의 힘 덕분일 것이다.

그들을 보며 나는 속으로 두 사람의 힘이 부러웠다. 집을 짓는 힘, 그것은 얼마나 아름다운가. 나는 나에게도 소설이란 집을 짓는 힘이, 두 사람이 가진 것 같은 그런 아름다운 힘이 있다면 얼마나 좋을까 하고 생각했다.

첫 소설창작집 서문에 소설은 하나의 힘이라고 생각한다고 썼던 기억이 있다. 진실하고 진지한 영혼이 저 거짓과 경박의 현실에 의해 지쳐 쓰러지지 않게 받쳐주는 하나의 힘이 소설이며, 또한 그런 영혼을 응원하며 조용히 펄럭이는 깃발이 소설이 아닐까 한다고 썼다. 지금 생각하면 지나치게 단정적인 생각이었던 것 같지만, 확실히 소설도 인간의 영혼에 하나의 힘이 될 수 있을 것이다. 다만, 그 소설이란 집이 확실한 대들보와 서까래와 기둥으로 서 있을 경우에만 말이다. 그리고 그 집이 단순히 머리로써 지은 것이 아니라, 가슴으로 지었을 경우이기도 할 것이다.

나의 소설도 그런 힘을 가졌으면 좋겠다. 내 작품이 이 세상의 누군가의 영혼에 하나의 힘이 되었으면 좋겠다. 그 사람의 영혼의 집을 짓는 아름다운 힘이 되어주었으면 좋겠다. 손 형과 강 형이 집을 지으면서 보여주는 저 아름다운 힘처럼……. 이 두 사람의 힘은 비단 그 근육의 힘과 일하는 기술에서 나오는 것이 아니라고 생각한다. 남의 일도 저토록 유쾌하고 기꺼운 마음으로 성심성의를 다하는 가슴에서, 바로 그 아름다운 가슴에서 연유하는 것이라고 생각한다. 모름지기 소설도 저런 가슴으로 써야 힘을 지닌 작품이 될 수 있지 않을까.

내가 이런 이야기를 써서 연재하는 신문사에 보냈는데, 그 말을 들으면 두 사람은 또 그 사람 좋은 웃음을 지으며 이렇게 말할 것이다. '거, 정 형, 너무 미화시킨 거 아뉴? 소설가들이란 당최 말을 잘 지어낸단 말씀이야.' 내 후배 시인 녀석은 복도 많지. 이런 두 사람이 짓는 집이 얼마나 멋진 집이 되겠는가 말이다.

막걸리처럼 들큼한 문학 기행

지난 일요일, 요산문학기행에 다녀왔다. 일주일간 펼쳐지는 요산문학제 첫머리 행사다. 가을비가 추적추적 내리는 날씨 탓인지 예년보다 참가자가 많지 않았다. 하지만 참가자 모두 낙동강 주변의 가을 경치와 요산 선생의 문학적 향기에 취해 오붓하고 흐뭇한 표정이었다.

삼랑진의 상부마을에서 뒷기미나루로 향하는 절벽 밑으로 난 강변길에는 가을이 여물어가고 있었다. 길 위의 숲에는 참나무들이 이제 막 황금색으로 치장을 시작하고 있었고, 길 아래로는 낙동강 물이 저 홀로 깊어져 한결 짙푸른 사색의 몸짓으로 흐르고 있었다. 이제는 한적한 강변으로 변해버린 나루터에 서서 소설 「뒷기미나루」에 나오는 박 노인과 속득이와 춘식이의 비극의 의미를 되새겨보는 감회도 새로웠다.

천태산 열두 구비 산길을 따라 넘어올 때는 산허리를 감아 흐르던 안개비가 골짜기의 수줍은 단풍들을 희미하게 가려 몽환적인 분위기를 연출했다. 「수라도」의 무대인

화제마을 입구에선 거대한 팽나무가 우리를 반겨주었고 그 나무 아래서 올려다보이는 오봉산은 그 봉우리에 면사포 같은 구름을 두르고 있었다. 가야부인의 여장부다운 기상처럼, 혹은 그 시어른인 오봉 선생의 지조처럼 우뚝 솟아 있는 봉우리를 보지 못한 것이 못내 아쉬웠다.

마지막 여정지이며 「모래톱 이야기」의 배경인 을숙도에 도착했을 땐 미리 기다리고 있던 풍물패가 한바탕 흐드러지게 신나는 사물놀이로 우리를 맞아주었다. 극단 〈자갈치〉의 비뚤이 춤과 새와 새의 만남을 통한 생명의 탄생을 상징하는 춤은 실로 감동적이었다. 을숙도를 오롯이 지키자는 시인들의 시 낭송도 바람에 흔들리는 갈대와 어우러져 멋있었다. 특히 「모래톱 이야기」의 표지목 제막식은 문학 기행의 절정을 이루었다. 사람 인(人)자 모양의 받침대 위에 물고기 모양의 표지판을 얹어, 사람과 물고기가 함께 살아가는 자연의 풍요로움을 상징하고 있어 그것을 제작한 울산의 한 시인의 상상력을 돋보이게 했다.

이 모든 것을 지켜보며 나는 문화가 무엇인가 하고 생각해보았다. 한 위대한 작가의 정신을 기리고자 사람들이 모여 이야기하고 노래하고 춤을 추고 옛것을 추억하고 앞날을 꿈꾸는 것, 이러한 삶의 진정성과 함께하는 오늘의 문학 기행이야말로 진정한 문화가 아닐까 하는 생각.

그러나 오늘날 우리의 문화는 어떤가. 모든 것이 맹목적으로 새것만을 추구하며 앞으로 달려가고 있지 않은가. 그것도 자본과 개발의 논리가 만들어낸 테크노피아의 환상을 좇으며 가볍고 빠르게. 거기엔 삶의 진정성 따위가 끼어들 여지가 없다. 옛것은 이제 너무 무겁다. 무거운 것은 이제 죄악이 된 시대이다. 몸통 따위야 어쨌든 좋다. 깃털처럼 가벼워야 한다. 무거운 본질보다는 가벼운 욕망과 이미지가 우리의 감각을 온통 사로잡고 있다. 자본이 만들어낸 욕망과 이미지는 지금 문화란 이름으로 우리를 휘감고 있다. 그리하여 삶의 진정성은 날로 훼손되어가고 있다. 날로 개발의 논리에 침식당해가는 을숙도처럼.

소설도 마찬가지일 것이다. 요산이 평생을 두고 온몸으로 추구했던 그 민중 중심주의의 주제는 이제 너무 무겁다. 삶의 진정성을 추구하는 소설은 이제 인기가 없다. 그런 소설은 자본주의적 대중문학에도 밀리고, 고급한 교양으로 포장되어 브랜드화되어가는 권력적 문학에도 밀린다. 그런 소설은 이제 점차 설 곳을 잃어가고 있다. 을숙도에 철새들의 보금자리가 점차 줄어가듯이.

기쁘고 흐뭇한 마음으로 문학 기행의 하루를 마치고 돌아오면서도, 나는 이런 생각들로 부질없이 우울해진다. 을숙도에서 마신 동동주의 들큼한 맛이 새삼 그리워진다. 모름지기, 그런 들큼한 삶과 들큼한 소설이 나를 가득 채우기를.

김기덕 표 영화를 보다

현재 한국 영화계에 있어서 김기덕만큼 치열한 논란의 중심에 서 있는 감독도 없을 것이다. 김기덕과 그의 영화에 대한 논란은 극명한 애증(愛憎)의 교차를 보이며, 새로운 영화를 발표할 때마다 확대 재생산되어왔다. 1996년 〈악어〉로 데뷔할 때부터 그의 관객들은 소수의 지지자와 다수의 비판자로 갈렸다. 시간이 지나면서 지지층이 조금씩 확대되어 소위 마니아 세력을 형성하고 있지만 〈사마리아〉로 베를린영화제 감독상과 〈빈집〉으로 베니스영화제 감독상을 수상한 지금까지도 여전히 광범위한 비판 세력이 존재하고 있다.

그의 영화를 둘러싼 폄하와 찬사의 공방을 자세히 들여다보노라면 재미있는 사실을 볼 수 있다. 공격수나 수비수나 모두 참으로 열심이라는 것이다. 그들은 너무도 진지하여 입에 침을 튀겨가며 자기 논리를 펴느라 정신이 없어 보인다. 그래서 그의 영화와는 별 상관없어 보이는 개념을 끌어다 대기도 하고, 지엽적인 문제를 침소봉대하기도 하며, 집요하게 한 방향으로만 그의 영화를 몰아붙이기도 한다.

무엇이 그들을 그토록 진지하게 만들었던 것일까. 그것은 김기덕 감독 스스로가 문제적 개인이며 그의 영화가 문제적 작품임을 증명하여준다. 말하자면 그와 그의 작품에는 소위 먹물 평론가들은 물론 요즘 평단의 강자로 새롭게 떠오르는 누리꾼들까지 누구나 한번쯤 입 대기 좋은 먹거리가 풍부하다는 뜻이 된다.

확실히 그의 영화는 독특하고 낯설고 기이하고 아프고 혐오스럽고 슬프다. 그리고 또한 아름답다. 그의 이름 앞에 붙는 '작가주의 감독'이나 '이단아(異端兒)'라는 수식어는 이런 그의 영화적 특성을 대변하고 있다. 그의 작품은 정통 영화문법을 깨뜨림으로 해서 기존 제도권 평론가들의 심기를 불편하게 만들었고 때로는 잔인하고 엽기적인 장면으로 인하여 여성 관객들로부터 지독한 욕을 들어먹기도 한다. 내가 아는 매우 지적인 여성 관객 하나는 〈해안선〉을 보고 난 소감을 "너무 고통스러워서 한참동안 기분이 나빴다."라고 요약했다.

그건 맞는 말이다. 그의 영화는 관객을 고통스럽고 불쾌하고 욕지기 나게 만든다. 도대체 관객으로 하여금 편안하게 영화를 즐길 수 있도록 내버려두지 않는 것이다. 그의 주인공들은 대체로 깊은 트라우마를 생존의 조건처럼 안고 사는 인물들이다. 그들의 상처는 영화가 진행될수록 아물기는커녕 벌건 생살을 드러내며 끔찍한 핏물을 머금는다. 그 상처로 인하여 그들은 마침내 파멸하여간다.

〈섬〉에서 낚싯바늘을 삼키는 사내와 또한 그것을 스스로 자신의 질 속에 집어넣는 여자. 그 낚싯바늘을 펜치로 다시 끄집어낼 때 떨어져 나온 살점과 핏물이 어우러져 만들어내는 원시주의적 장면은 그 정신적 외상의 깊이를 상징적으로 잘 보여준다. 〈해안선〉에서 데이트를 즐기는 남녀를 침투간첩으로 오인하여 남자를 사살한 해안경계 초병 강 상병은 죄책감이란 외상을 입게 된다. 그 외상이 광기로 발전해가는 과정을 지켜보는 것은 고통스럽다. 작품 말미에 강 상병이 서울의 어느 거리 한복판에서 총검술을 하다 실제로 사람을 찌르는 장면처럼, 우리는 김기덕의 영화에 가슴이 찔린다. 그건 참 아프다.

〈수취인 불명〉의 혼혈아는 어떤가. 기지촌 주변에서 개를 때려잡아 생계를 유지할 수밖에 없는 흑인 혼혈아. 그는 남에게 멸시당할 때마다 자기를 낳아준 엄마를 두들겨 패지 않고는 견디지 못한다. 그는 자신의 존재가 날마다 올가미에 걸려 자신에게 맞아 죽어가는 개들과 별반 다르지 않음을 알고 있다. 그의 상처는 붉다 못해 까맣다. 딸의 원조교제를 지켜봐야 하는 〈사마리아〉의 아버지가 가진 상처는 무슨 색깔일까.

혹자는 김기덕이 등장인물의 상처를 너무 과장하고 엽기적으로 그린다고 불평한다. 맞는 말이다. 그러나 그건 불평에 지나지 않는다. 영화의 인물이 언제나 꼭 현실에 부합하고 사실적이어야 한다는 생각은 정통문법일 뿐이다. 어차피 인간의 삶이란 누구나 이런저런 상처를 보듬고 사는 것이다. 그런 상처로부터 자유로운 사람은 극소수에 지나지 않는다. 그런 상처에 붉은 밑줄을 그어 상징적으로 처리하였다 하여 그게 시빗거리가 될 수는 없다.

다만, 그의 인물들의 상처와 분노가 너무 구체적이고 강렬하여 관객을 압도하고 불쾌하게 만드는 것이 문제일 수는 있다. 그러나 그 문제도 참을 만하다. 현실이 때로는 우리의 상상보다 훨씬 더 잔인하고 비논리적일 수도 있다. 김기덕은 그것을 말해주고 싶은지도 모른다. 혹시라도 김기덕이 '이런 유의 아픔을 너희들이 알아? 난 알고 있지'라고 하는 다분히 소재주의적 발상에서 출발한 것이

54

아니라면, 이미지로 이야기하는 김기덕의 말에 귀를 기울일 필요가 있는 것이다. 괴롭더라도.

혹자는 김기덕 영화의 몰역사성을 공격한다. 그의 작품은 정치와 계급과 역사의 문제를 외면하고 있다는 것이다. 간혹 역사의 문제를 다루더라고 그것은 전반적이지 못하고 인물의 배경으로서만 존재한다는 것이다. 〈야생동물 보호구역〉이나 〈수취인불명〉, 〈해안선〉에서 전쟁과 분단, 미군과 기지촌이라고 하는 역사적인 이슈를 배경 삼을 뿐, 그 이슈를 발전시키거나 새로운 전망으로 연결시키지 않는다는 것이다. 〈파란 대문〉이나 〈나쁜 남자〉에서의 창녀 문제와 〈사마리아〉에서의 원조교제라고 하는, 사회적으로 민감한 이슈에 대해서도 마찬가지이다.

물론 맞는 말이다. 김기덕 영화에서 그의 특징인 시각적 미학성과 성격 묘사에다 이러한 사회역사적인 시각이 멋들어지게 어울렸더라면 얼마나 행복한 만남이었겠는가. 그러나 이 문제를 일방적으로 김기덕에게 요구할 수는 없다. 그것은 그가 결정할 문제이지 관객이 요구할 사항은 아닌 것이다. 〈공동경비구역 JSA〉나 〈쉬리〉, 〈태극기 휘날리며〉 등의 영화가 역사성과 흥행성의 두 마리 토끼를 잡지 않았느냐고 반문할지 모르지만, 그 작품에 들어 있는 역사성의 밀도를 따져보고 블록버스터인 그 영화에 투자된 물량의 부피를 따져본다면, 저예산 영화의 대명사인 김기덕의 작품을 그런 작품과 일괄 비교할 수는 없을 것이다.

모든 영화가 반드시 사회역사적, 계급적, 정치적인 돌파력을 담보로 해야 한다면, 한국영화의 다양성은 죽는다. 종이 다양하지 못하면 생명력도 그만큼 줄어든다. 김기덕 표 영화는 한국영화의 별종이다. 별종은 별종으로 두어야 한다. 사회역사적 환경은 그의 작품에서 배경을 제공하는 데 불과하다. 그의 관심은 그 환경에서 상처받고 아파하는 인간의 모습 그 자체에 있다. 그는 그 모습을 가장 잘 그려내는 장인이다. 우리는 그가 가장 잘하는 것을 요구해야 한다.

김기덕은 한국 영화사에 있어 페미니스트들로부터 가장 원색적이고 광범위하고 끈질긴 공격을 받은 감독으로 기록될 것 같다. 특히 그들의 공격은 〈파란 대문〉과 〈나쁜 남자〉에 집중되는데, 그들은 매춘과 강간이라는 모티브가 등장하는 이 영화들이 '여성에 대한 극도로 착취적인 상상력과 혐오증적인 태도, 그리고 위험하기 짝이 없는 페니스 파시즘에 기반하고 있다'고 주장한다. 그들의 주장대로라면 〈사마리아〉도 이러한 혐의를 벗기는 어려울 것 같다. 그들은 김기덕이 사디즘과 마조히즘을 통하여 '여성에 대한 증오와 복수'를 밑바탕에 깔고 있다고 단언하기도 하고 심지어 〈나쁜 남자〉가 여성에 대한 선전포고이자 변태적 마초이즘을 전파시키는 바이러스라고 규정한다.

그들의 주장을 이해 못하는 것은 아니다. 〈나쁜 남자〉에서 여대생을 납치하여 창녀로 전락시켜버리는 한기의 행위에는 분명 이해되지 않는 구석이 있다. 단순한 열등감의 표현인지 한순간의 오기 때문인지 불분명하다. 이 부분에 대한 오해가 가장 심한 것 같다. 그러나 곰곰이 따져 생각해보자. 김기덕의 영화는 앞뒤를 거두절미하는 경향이 있다. 인물 행위의 심리적 원인을 생략하는 경우가 많다는 것이다. 사실 제도권 평론가들이 초기에 김기덕 영화를 '씹어댈' 때, 그의 영화에는 과정과 원인이 없고 결과만이 동어반복적으로 나타난다고 비판한 바 있다. 김기덕은 인물 행위의 원인을 인물의 내면 연기로 표현하려고 하거나 소도구를 이용한 상징으로 전달하려는 경향이 강하다. 〈빈집〉의 경우 선화와 재희의 심리적 원인은 표정으로만 전달될 뿐, 대화가 극도로 제한되어 있는 것이 좋은 예가 될 것이다. 그러나 때로는 그 부분이 영 모호할 때도 있다. 〈나쁜 남자〉가 그런 경우가 아닌가 싶다.

그러나 그렇다고 해서 〈나쁜 남자〉가 '변태적 마초이즘을 전파시키는 바이러스'의 역할을 수행한다고 단언할 수 있을까. 전술하였다시피 김기덕은 영화를 현실의 한 알레고리로 보고 있다. 얼마간의 과장과 비현실성을 통하여 삶의 모순과 인물의 분노와 상처를 극대화시켜 보여준다. 불행하게도 이 땅에는 지금도 강간과 매춘이 끊임없이 행해지고 있다. 그게 현실이다. 〈나쁜 남자〉는 그 현실을 약간 비틀어 극화하고 있을 뿐이다. 그 비틂에 오해가 있지 않았을까.

한데 문제는 그게 아니다. 이 영화의 시선은 그러한 극단적 상황 속에서도 한기와 여대생 사이에 서로를 이해하는 공감대가 형성된다는 데가 있다. 적어도 〈나쁜 남자〉가 의도하는 바는 그러한 인간 사이의 이해와 사랑을 보여주고자 하는 것이 아닐까.

남자들의 폭력성, 그 유치하지만 위험한 폭력성을 무화시키는 것은 결국 여자다. 처음에는 여성들이 남자들의 그 폭력성에 고통받고 억압받지만 여성들은 남자들의 폭력성 속에서 두려움이 아니라 유치함을 발견한다. 그 유치함은 외로움에서 기인하는 것이며 그 외로움이 남자들을 거칠게 만들고 망가지게 한다는 사실을 알아챈다. 여성에 대한 남자들의 사디즘 속에는 스스로에 대한 마조히즘적 성향이 항상 양가적으로 공존한다는 사실을 깨달을 때, 여성들은 남자들을 불쌍하게 바라본다. 남자들은 다 불쌍한 것들이다. 저 넘쳐나는 정력과 근육의 힘을 주체하지 못해 쩔쩔매고 있는 한심한 것들, 그 힘으로 서로 싸움질이나 해대고 남의 것을 쓸데없이 욕심내는 제국주의적 욕망으로 가득 차 있는 어리석은 것들. 아무 데나 씨만 뿌려댈 줄 알았지 아이 하나 생산하지 못하는 지극히 비생산적인 것들, 언제든지 여자에게 빌붙어 살려는 것들, 그러면서도 걸핏하면 외롭다고 술 처마시고 깽판 치는, 아아, 저 불쌍한 수컷들! 김기덕이 〈파란 대문〉을 통해 이야기하려는 바는 정작 이것이 아니었을까.

이것이 내가 〈파란 대문〉을 읽은 위험한 독법이다. 이 작품은 반페미니즘이라기보다는 오히려 에코페미니즘에 가깝다는 게 내 생각이다. 남성의 폭력성은 여성에게서 죽는다. 페니스가 질 속에서 죽듯이.

〈봄 여름 가을 겨울 그리고 봄〉 이후로 김기덕의 영화가 많이 부드러워진 느낌이다. 그도 제도권에 편입된 증

후일까. 아닐 것이다. 그의 영화가 좀 더 성숙되어가는 증좌이리라. 나는 그렇게 믿고 싶다.

2장

문화라는 집에 걸린 깃발

골프 유감

요즘은 주위에서 골프를 즐긴다는 사람들을 다반사로 만난다. 그만큼 골프가 대중화되었다는 이야기가 될 것이다. 골프가 아무나 즐길 수 없는 고급 스포츠이던 시대는 이미 지나간 것 같다. 텔레비전에서도 골프 경기를 방영할 정도가 되었으니 격세지감을 느끼지 않을 수 없다.

그러나 아직까지는 골프는 고급 스포츠요, 귀족 스포츠다. 회원권이 기천만 원에 거래되고 한 번 필드에 나서면 하루에 1인당 이삼십만 원이 날아가는 것은 예사라고 한다. 그러니 이게 어디 서민들이 함부로 해보겠다고 달려들 수 있는 스포츠이겠는가. 게다가 어느 통계에 따르면 경기자와 관람자를 모두 합쳐서 평균을 낸 1인당 공간 점유율이 가장 높은 스포츠가 골프라고 한다.

그래서 그런지는 모르겠지만, '나 요즘 골프 치러 다녀'

라고 말하는 사람들의 어조에서도 묘한 뉘앙스가 풍긴다. 거기에선 그 사실을 과시하고 싶어 하는 속물근성의 냄새를 맡을 수 있다. 내 코가 너무 예민해서일까. 아니면 골프채 한 번 잡아보지 못한 서민의 자격지심 때문일까. 아무튼 나는 그 냄새가 싫다. 우리 문화는 언제쯤 이 졸부근성의 때를 벗을 것인가.

6공 초기에 무분별하게 허가를 내주는 바람에 지금 이 좁은 땅덩어리 곳곳에는 골프장이 들어서 있다. 그것도 모자라 개발업자들은 명산대찰 주변을 가리지 않고 허가를 얻기 위해 맹렬히 로비활동 중인 것으로 안다. 금정산에 골프장을 조성한다는 소문이 잊힐 만하면 다시 고개를 쳐들곤 하고, 법보 대찰 해인사 주변에 골프장 허가가 났다는 말이 들린다. 개발업자는 그렇다 치더라도 그 허가를 내주는 행정당국의 시각을 도무지 이해할 수 없다.

골프장 조성은 심각한 환경오염을 수반한다. 명산의 절경이 사라지고 상수원이 농약에 오염되기 십상이다. 농약 오염수를 제대로 정화시켜 내보내는 골프장이 있다는 소리는 들어보지 못했다.

골프가 이런 희생을 감수하면서까지 해야 할 유익한 운동일까. 글쎄, 안 해봐서 모르겠지만 골프보단 탁구가 낫

지 않을까. 탁구는 1인당 공간 점유율이 가장 낮으면서도 활동량이 매우 높은 운동이라고 한다. 그래서 나는 매일 직장동료들과 탁구를 즐긴다. 나는 탁구가 좋다.

바보 같은

휴게실에서 옆자리에 앉아 신문을 읽던 직장 동료가 혀를 차더니 한마디 하는 것이었다. "바보 같은 놈들, 같은 민족이면서 서로 물고 뜯고 싸우다니, 나라도 없는 주제에……."

동료가 개탄해마지 않은 것은 친이라크계와 친이란계로 나뉘어 치열한 전투를 벌이고 있다는 쿠르드 족에 관해서였다.

동료의 말은 백번 지당하고 옳은 말이었다. 직접 이해관계가 얽히지 않은 객관적인 시각으로 본다면, 그건 정말 어리석은 전쟁이라고 하지 않을 수 없다. 그러나 동료의 말에 선뜻 동조하고 나서기에는 뭔가 켕기는 구석이 있었다. 다른 민족이라면 몰라도 과연 우리가 쿠르드 족을 향해서 그런 비난을 가할 수 있는 자격이 있는가 하고 말이다.

우리 민족도 같은 핏줄이면서 참혹하게 피 흘리며 싸운 경험이 있고, 포성이 멎은 지 40여 년이 지난 지금도 그

긴장상태를 그대로 유지하고 있지 않은가. 외국 사람의 시각으로 보자면 우리나 쿠르드 족이나 오십보백보가 아니겠는가. 공히 '바보 같은 놈들'의 축에 속할 것이다.

우리는 이 사실을 잊고 있는 게 아닐까. 오랜 세월의 풍화 작용으로, 혹은 우리가 성취한 경제적 부를 향유하는 데 취해서, 아니면 민족의식의 마멸로 인하여 우리는 우리 자신의 처지를 잊고 있는 게 아닐까. 똥 묻은 개가 겨 묻은 개 나무라는 꼴일 수도 있다는 것이다.

오래전 중국 여행길에, 일행 중 하나가 두만강을 건너 북한으로 넘어가는 사건이 생기는 바람에 전국이 시끄러웠다. 덕분에 그는 일년 반의 옥고를 치러야 했다. 사건의 경위는 차치하고라도 이 사건의 진정한 의미는 지구상에 아직도 우리가 마음대로 갈 수 없는 땅이 존재하고, 그 땅에 사는 사람들이 바로 우리와 한 핏줄을 나눈 동족이라는 이 비극적 상황을 보여주는 데 있는 게 아닌가 하는 생각이 들었다.

우리는 언제 쿠르드 족과 같은 내분으로 풍파를 겪는 민족에게 정말 당당하게 '바보 같은 놈들'이라고 말할 수 있을 것인가.

수서양단(首鼠兩端)

얼마 전, 누군가가 어떤 그림을 보여준 적이 있다. 쟁반 위에 빵 조각 하나가 놓여 있는 그림이었지만, 교묘하게 실선과 빗금을 교차시켜, 반대 방향에서 보면 그 빵 조각이 사라져 보이는 그림이었다. 그림 밑에는 친절하게 '역지사지(易地思之)'란 제목까지 붙어 있었다. 그림을 보여준 사람은 현 시국의 문제를 보는 각 계층의 시각이 이와 같은 것이 되어야 하지 않겠느냐는 설명을 덧붙였다.

딴은 참 기발한 그림이었고 오묘한 진리를 담고 있는 듯도 했다. 그러나 다시 생각해보니 그림을 보여준 사람의 의도와는 다르게 그 그림이 오늘날 소위 중산층의 시국관을 상징하고 있는 것 같아 서글픈 생각이 들었다.

그 그림엔 묘한 도피주의가 숨어 있다. 이쪽에도, 그렇다고 저쪽에도 뛰어들지 못한 채 중간에서 양쪽을 구경만 하고 있는 방관자 입장 말이다.

'뫼비우스의 띠'처럼 그 그림은 양시론적, 혹은 양비론적인 관념을 나타낸다고 볼 수 있다. 그러나 현실 문제에 있어서는 이 관념으로 해결할 수 있는 것이 별로 없어 보인다. 그것은 어쩌면 탁상공론일 수도 있다. 그림 속의 빵은 어디까지나 그림 속의 빵일 뿐이다. 그것이 그림 속의 빵이 아니라 엄연한 현실의 문제일 때 우리는 이쪽에도 서볼 수 있고 저쪽에도 서볼 수 있는 자유를 누릴 수가 없다. 우리는 자기 나름대로의 가치관에서 자유로울 수가 없기 때문이다. 그 가치관이 관념에 대한 것이 아니라 우리가 직면해 있고 풀어나가야 할 현실의 문제에 있어서는 더욱 그렇다.

너도 옳고 상대인 너도 옳고 부인 말도 옳다는 황희 정승은 황희 정승 시대에 알맞은 인물이었다. 그러니 오늘날 우리의 현실에 황희 정승을 부활시킴은 어리석다 할 것이다. 우리는 이 난국에 자기 구멍에서 머리만 내밀고 양쪽을 할끔할끔 살피는 쥐의 형상을 하고 있는 것은 아닐까. 아니면 살피는 것조차 염증을 느껴 구멍 깊숙이 틀어박혀 버린 것이나 아닌지 이제는 뒤돌아볼 때인 것 같다.

외화(外畵) 제목론

영국 작가 제임스 힐튼의 원작을 머빈 르로이 감독이 감독하고 그리어 가슨이 주연한 명화 〈마음의 행로〉는 그 원제가 〈Random Harvest〉였다. 르로이의 또 다른 명작 〈애수〉는 원제가 〈Waterloo Bridge〉였다. 드라이저의 유명 소설 『아메리카의 비극』을 조지 스티븐슨이 영화화한 〈젊은이의 양지〉는 〈A Place In The Sun〉이었으며, 아서 펜의 〈우리에게 내일은 없다〉는 엉뚱하게도 원제가 〈Bonnie And Clyde〉였다.

이처럼 중년 이상의 영화 애호가들에게 친숙한 고전적인 외화의 제목 중에는 원제보다 오히려 번역한 제목이 더 멋들어진 경우가 많았다. 〈지상에서 영원으로〉, 〈슬픔은 어느 별 아래〉, 〈파리의 지붕 밑〉, 〈황금광시대〉, 〈우정어린 설득〉 등 그 예를 들자면 한이 없다.

대체로 이런 영화들은 기억에 오래 남을 뿐만 아니라, 훗날 그 제목만 들어도 알싸한 그리움을 가지게 한다. 이것은 그 영화의 내용도 내용이려니와 적절하고 멋들어진 제목의 번역에도 힘입은 바가 크다 하겠다.

한데, 요즈음 거리에 나붙어 있는 외화의 제목을 대하노라면 생경하다는 느낌과 함께 한심하다는 생각마저 지울 수가 없다. 어떠한 의식의 여과도 거치지 않은 채, 날것인 원어대로 표기된 제목이 많기 때문이다. 고유명사는 어쩔 수 없다 하더라도 충분히 우리말로 번역이 가능한 제목까지 버젓이 원어로 표기되는 추세이다. '옛날 미국에서'에서보다 〈원스 어폰 어 타임 인 아메리카〉로 표기해야 장사가 더 잘 된다는 것일까. 〈패밀리 비즈니스〉를 '어떤 집안 이야기' 정도로, 〈오버 더 톱〉을 '정상을 넘어'로 번역하면 오던 관객들이 발길을 돌리기라도 한단 말인가.

1980년대 말 UIP 영화 직배 문제*로 관계자가 구속되는 불상사까지 있었다. 거기에 비해 외화의 제목만큼은 단 한 번의 뱀 소동이나 방화사건도 없이 너무도 쉽게 수입·개방되어버린 듯하다.

사고(思考)는 언어를 낳고 언어는 사고를 결정한다. 그

*유니버셜, 파라마운트, MGM, UA 등의 영화를 배급하는 다국적 영화 배급회사 UIP가 미국 영화를 대량으로 쏟아놓자, 이에 영화인들이 반발하고 나서 영화관에 뱀을 투입해 2명의 영화인이 실형을 선고받은 일을 말함.(편집자 주)

러므로 언어방식은 곧 사고방식이다. 우리의 사고방식의 어느 한 귀퉁이가 아무런 대책 없이 수입·개방되어 있지나 않는지 돌아보았으면 한다.

페가수스의 비극

어느새 계절은 날로 하늘이 푸르러오는 가을의 길목에 와 있다. 벌써부터 추석 연휴가 아이들처럼 기다려진다. 올 해는 어느 해보다 더 풍성한 한가위 보름달을 기대하며 아파트 베란다에서 밤하늘을 올려다본다. 도시의 공해에 찌든 밤하늘도 가을에는 다소 맑아진 듯하다.

가을밤 하늘에서 가장 대표적인 별자리는 천마 페가수 스자리라고 한다. 천고마비의 계절답다. 그리스 신화에 의하면 바다의 신 포세이돈이 메두사의 피와 바다의 물거 품으로 눈처럼 하얀 페가수스를 만들었다고 한다. 아름다 운 페가수스는 뮤즈의 사랑을 듬뿍 받았고 그 밝고 즐거 운 분위기 때문에 훗날, 많은 시인들에게 예술적 영감을 불러일으키는 소재가 되기도 했다.

벨레로폰이라는 청년이 불을 뿜는 괴물 키메라를 무찌 르기 위해 지혜의 여신 아테네에게 도움을 청했다. 여신 은 그에게 페가수스를 찾아갈 수 있게 했고, 페가수스를 얻은 벨레로폰은 마침내 키메라를 처치하고 공주와 결혼하게 되었다. 왕의 후계자가 된 벨레로폰은 자만심에 빠져 자신을 신이라고 생각하기에 이르렀다. 그는 신들이 사는 세계로 가기 위해 페가수스를 타고 하늘로 날아 올랐다. 이때 하늘의 제왕 제우스가 격노하여 말파리를 보내 페가수스를 쏘게 했다. 놀란 페가수스는 주인을 버리고 하늘로 올라갔고, 벨레로폰은 땅으로 떨어져 장님에다 절름발이가 되어 비참한 최후를 마쳤다고 한다.

한때 승천하는 용으로 지칭되던 우리 경제가 지렁이가 되어간다는 소식이다. 경제가 이 지경이 된 원인으로 혹자는 소위 3D기피 현상과 흥청망청 써대는 과소비 풍조를 들기도 한다. 외국에선 '한국은 너무 일찍 샴페인을 터뜨렸다'고 비아냥거리기도 한다. 정말 우리는 벨레로폰 같은 오만에 빠져 있었던 것은 아닐까. 이런 때일수록 우리에게 필요한 것은 허리띠를 졸라매는 근검절약의 정신일 것이다.

호기심의 문화

'똥장군 지고 장에 간다'는 속담도 있지만, 한국 사람들은 유독 호기심이 많고 구경하기를 즐겨한다고 한다. 구한말에 한국을 방문한 영국의 이사벨라 버드 비숍 여사는 명저 『한국과 그 이웃 나라들』에서 한국인의 이 왕성한 호기심을 '천성적'인 것으로 파악하고, 호기심이 많아 구경하기를 매우 즐기는 것 같다고 말했다. 그도 그럴 것이 비숍 여사가 배를 타고 한강을 거슬러 올라 내륙 지방을 들어가자 이 서양 여자를 구경하기 위하여 그녀가 닿는 마을마다 사람들이 몰려들어 인산인해를 이루었으니 말이다. 그녀를 구경하느라 사람들이 숙소를 점령하는 바람에 하룻밤에 네 번이나 쫓아내어야 했고, 그래도 몰려든 여자들은 그녀의 팔을 꼬집어보고 머리카락을 뽑아가고, 심지어 그녀의 손가방을 뒤집어엎기도 하였다고 기록하고 있다.

소설 『강철군화』의 작가 잭 런던이 러일전쟁 당시 종군 기자의 신분으로 한국에 왔던 적이 있다는 것은 잘 알려지지 않은 사실이다. 그도 한국인의 두드러진 특성 중의 하나로 호기심이 많은 것을 들고, 한국인은 '기웃거리기', 혹은 '구경하기'를 좋아한다고 보고서에 적고 있다. 한국 사람들은 구경거리를 최고의 즐거움으로 여겨 아주 사소한 사건이라도 몇 시간이 걸리든 '기웃거리느라고' 서 있거나 구부리고 앉아 있다는 것이다. 전쟁을 피해 살림살이를 들고 산 속으로 피신했던 한국인들이 서양인을 구경하기 위해 그가 있는 주막으로 하얗게 몰려나온 것을 보고 그는 어이없어한다.

비숍 여사는 호기심 많은 한국인의 성격을 '말귀를 알아듣는 총명함'의 특성으로 보고, 한국인이 갖고 있는 잠재된 에너지의 한 양태로 보고자 했다. 그녀는 양반계급과 관리들이 협잡과 수탈의 행태를 그만두고 백성들에게 추동적인 계기만 마련해준다면, 이 특성은 한국 민족 스스로 '길이 행복하고 번영할 민족'이 되게 할 강력한 에너지가 될 것으로 확신하였다.

그러나 잭 런던의 판단은 사뭇 달랐다. 그는 한국인의 호기심을 비능률적이고 게으르고 무능한 특성으로 파악하고 혐오에 가까운 반응을 보였다. 자신들의 땅에 왜 남의 나라 군대들이 들어와 싸우고 있는지, 자신들이 왜 피해를 보아야 하는지 전혀 이해하지 못한 채, 그저 구경에 몰두하고 있는 한국인들이 몹시 우둔하고 멍청하게 보인다고 했다. 물론 당시에 서구화되어 있던 일본인과의 비교 우위에서 나온 발언이긴 하지만, 그 점을 차치하고서라도 그의 비판은 인신공격에 가까울 지경이다.

오늘날 다시 되돌아보건대, 비숍 여사의 판단에 전적으로 동의하고 싶다. 그것은 팔이 안으로 굽어서가 아니라, 러일전쟁으로부터 백여 년이 지난 지금 한국의 상황과 얼추 들어맞기 때문이다.

오늘날 호기심의 문화가 이루어놓은 대표적인 문화가 인터넷이 아닐까 한다. 한국은 이미 인터넷 산업의 최강국으로 꼽힌다. 통신망의 보급과 인구당 가입자 비율에 있어서 타의 추종을 불허하고 있다. 인터넷은 정보의 바다이자, '구경거리'의 보고이다. 거기엔 이 세상의 온갖 구경거리가 다 들어 있다. 구경이라면 밥 싸들고 쫓아가는 한국인에게 있어 인터넷이 무한한 매력의 대상일 것은 자명하니, 인터넷 산업이 발달하지 않으려야 않을 수 없는 것이다. 우리가 인터넷의 강자가 된 것은 우연의 결과가 아니라, 유전인자의 필연적 발현일 수 있다는 것이다.

호기심이 긍정적인 측면으로 그 에너지를 발산하면 얼

마나 생산적이겠느냐마는, 비숍 여사도 지적하였다시피 한국인의 '구경하기'에는 종종 소란과 무절제와 남을 배려하지 않는 몰염치와 무례함이 수반된다. 그 점을 경계한다면 우리는 '길이 행복하고 번영할' 문화 민족이 되지 않을까 한다.

영화배우 안성기, 그 깊고 서늘한 눈빛

영화배우 안성기. 그는 아무리 잘 봐줘도 영화배우치고 잘생겼다고는 할 수 없다. 그리스의 인물 조각상들을 찜쪄먹을 정도로 잘생긴 미남미녀 배우들이 판을 치던 1940~50년대에 그가 영화판에 뛰어들었더라면 확신하건대 그는 틀림없이 쪽박을 찼으리라.(물론 그는 아역배우로 60년대에도 이름을 날리고 있었지만.) 우뚝 솟은 광대뼈, 지나치게 날카로운 코와 턱의 선, 평소 약간 홀쭉해 보이는 볼에 웃을 때면 잡히는 굵은 주름살……. 그의 얼굴은 부처님 상호처럼 원만한 얼굴을 선호하던 그 당시 영화 관객의 미적 기준과는 사돈의 팔촌보다 더 멀어 보이기 때문이다.

그러나 이것을 거꾸로 해석해보면 그는 그만큼 현대적인 얼굴을 가지고 있다는 말이 된다. 그는 확실히 현대적인 매력을 지니고 있다. 우선 그는 모딜리아니의 그림처럼 모든 게 길쭉길쭉하게 생겨먹었다. 키도 길쭉하고 얼굴도 길쭉하고 코도 길쭉하고 손가락도 길쭉하고 발가락도 길쭉하고 거시기도……?(이건 안 봐서 모르겠다.) 게다가 그 깊숙하고 서늘한 눈빛과 다소 쇳소리가 섞인 듯한 허스키 보이스는 현대적인 개성을 충분히 보여주고 있다. 하지만 여기서 우리가 관심해야 할 것은 그의 외모가 아니라 화면상에 펼쳐지는 그 독특하고 개성적인 연기력일 것이며, 또한 그 외모를 빌려서 형상화되는 그만의 분위기일 것이다.

영화는 연극과는 달리 현대로 접어들면서 극도의 리얼리즘을 추구해왔다. 그것은 리얼리티(사회성이 아니라 기법상의 그럴듯함)가 살아 있지 못한 영화에는 관객이 들지 않기 때문일 것이다. 그러므로 영화는 구체적 리얼리티를 미학적 생명으로 삼는 예술장르라 할 것이다. 이러한 영화의 리얼리티는 그 절반 이상이 출연배우의 연기력에서 창출된다고 해도 과언이 아니다. 자신 스스로를 '빨간 머리의 도끼 같은 여자'라고 평했던 캐서린 햅번이, 별로 섹시하지도 않은 김혜자가, 키 작고 못생긴 더스틴 호프만이 명배우로 칭송받는 이유가 바로 그들이 보여주는 리얼하고 치열한 연기력에 있는 것이다. 그들은 현대영화에서 중요한 것이 배우들의 잘생긴 외모가 아니라 개성적인 연기력에 있다는 사실을 잘 입증해주고 있다.

리얼리티가 죽은 연기, 또는 그런 영화를 비싼 돈 주고 보아야 할 때만큼 억울하고 비극적인 일도 드물다. 배우들이 하나같이 자기가 맡은 인물의 성격을 제대로 해석하지 못한 채 아담한 표정을 팔기에만 급급하거나 리얼한 감정이 뒷받침되지 않은 과장된 몸짓으로 일관하는 영화를 끝까지 본다는 것은 무한한 인내심을 요하는 일이며 참으로 맛대가리 없고 슬프고 불행한 일이 아닐 수 없다.

그러나 안성기가 출연하는 영화는 늘 우리를 그러한 불행으로부터 구제한다. 절제된 언어와 깊숙한 눈빛 하나로, 얼굴 근육의 미세한 움직임 하나로 수천의 대사보다 더 많은 감정과 생각을 전달하는 그 치밀하고 내밀한 연기. 그것은 곧 팽팽한 긴장감으로 바뀌어 관객을 화면 속으로 빨려들게 하는 힘이 되는 것이다. 클로즈업된 그의 눈빛 너머에는 배우 안성기가 아니라 전혀 다른 성격의 인물이 살아 숨 쉬고 있다. 거기엔 작중인물과의 완전한 동일화와 교감이 일어나고 있다. 그 기적 같은 변화를 지켜본다는 것은 얼마나 흥미롭고 즐거운 일인가. 게다가 그는 그 인물의 성격 일부분을 자기의 개성으로 슬쩍 덮어버리는 능청스러움도 가지고 있다. 그럼으로 해서 그 인물을 안성기만이 표출할 수 있는 독특한 분위기로 만들어버리는 것이다.

그래서 나는 현재 한국을 대표하는 남자배우로 안성기를 첫손가락에 꼽는다. 또한 가장 프로 기질이 강한 배우라고 생각한다. 그 생각은 그의 연기를 처음 대했을 때나 지금이나 변함이 없다. 그러나 내가 안성기란 배우의 존재를 처음 알았던 것은 유감스럽게도 맹렬한 적대감으로써였다.

햇병아리 대학 시절, 나는 같은 과 동기 여학생을 은근히 좋아하고 있었다. 그러나 밖으로 표현은 못하고 속으로만 끙끙 앓았다. 그 당시 그녀를 포함한 우리 패거리들은 대학 교재가 우리를 구원해줄 수 없다는 확고하고도 무모한 판단에 만장일치로 동의하고는 주로 시장통 막걸리 집에서 구원을 찾았다. 우리는 텁텁한 막걸리를 매일 마시며 동서고금의 철학자, 시인, 소설가, 정치가, 교수들을 무자비한 언도(言刀)로 난도질하는 것을 안주 삼았는데, 종당에는 엉뚱하게 짠순이 하숙집 아줌마까지 우리들의 안줏감으로 가련히 희생되곤 했다.

그런 자리에서 어느 날, 화제가 우연히 영화 쪽으로 돌려졌다. 예나 지금이나 지독한 영화광인 나는 영화라면 할 말이 꽤 많은 놈이었다. 요즘이야 시간관계상 극장용

영화를 석 달에 한 번 보기도 어렵지만 당시엔 틈만 나면 아카데미하우스로 불리던 대학 주변의 2본동시상영관을 뻔질나게 드나들었다.

나는 중고등학교 시절에 이미 루돌프 발렌티노에서부터 올리비아 핫세에 이르기까지, 외국 영화배우들의 이름을 달달 외우고 있을 정도였다. 중학교 땐 진 켈리와 준 앨리슨이 주연한 〈삼총사〉를 학교를 빼먹고 내리 세 번을 보고 나온 적도 있었다. 그때 어두컴컴한 극장 의자에서 까먹던 도시락의 맛이 아직도 혀끝에 새롭다. 대학입시를 앞둔 고교 시절에도 교외지도 선생님들의 번득이는 감시망을 교묘히 뚫고 극장을 드나들곤 했다. 그런 열성 덕분에 나는 고금의 외국영화를 두루 섭렵하고 있었다.

이런 나였기에 영화 이야기가 신바람 나지 않을 하등의 이유가 없었다. 더구나 그녀에게 점수를 딸 절호의 기회였으니까 말이다.

"안성기 알아요? 안성기? 난 그 배우가 너무너무 좋더라. 특히 그 눈이 말이죠. 너무너무 매력적인 거 있죠."

한참 외국영화에 대해 입에 거품을 물고 신나게 떠들어 대던 나는 느닷없이 끼어든 그녀의 말에 그만 망치로 뒤통수를 얻어맞은 기분이 되고 말았다.

그것은 참 더럽게, 대책 없이 기분 나쁜 일이었다. 영화의 대가임을 자부하면서도 솔직히 그때까지 나는 한국영화에 대해서는 쥐꼬리만큼도 아는 바가 없는 까막눈이었다. 느려터진 템포, 대사의 치졸함과 답답함, 구성의 느슨함, 과장된 연기……. 그 당시 나는 한국 영화에 대한 이런 편견들을 신념처럼 가지고 있었으므로 국산 영화를 본 횟수를 손가락으로 꼽을 수 있을 정도였다.(물론 그 이후로 한국영화가 놀라운 발전을 이뤄 세계 영화계에 당당히 그 존재성을 드러내고 있게 된 사실을 그땐 꿈도 꾸지 못했다.) 그러니 안성기란 자식의 상판이 어떻게 생겨먹었는지 알 도리가 전혀 없었던 것은 지극히 당연한 일이었다.

그녀는 계속해서 안성기에 대한 감탄을 연발했는데, 나는 속으로 슬며시 부아가 치밀기 시작했다. 그리고 급기야 그녀의 마음을 송두리째 빼앗은 그 작자에 대해서 맹렬한 적대감이 불타오르기 시작했다. 그리고 한편으론 안성기란 놈이 도대체 어떤 놈이기에 저 오두방정인지 궁금해지기 시작했다.

그 며칠 뒤, 나는 우연히 극장 간판에서 드디어 그의 그 못생긴(?) 낯짝을 발견하게 되었다. 그리고 다분히 전투적인 자세로 그 극장으로 쳐들어갔다. 그게 바로 영화 〈난장이가 쏘아 올린 작은 공〉이었다.

영화를 다 보고 극장 문을 나서면서 벌써 나는 그를 용서하기로 작정하고 있었다. 그 여학생이 안성기에게 더욱더 빠진다 해도 말이다. 그의 연기를 처음 대했을 때 나는 깨달았다. 내가 외국영화를 탐닉하고 있을 동안 한국 영화계는 놀라운 가능성의 배우를 하나 키워놓고 있었다는 사실을.

그 후, 나는 계속해서 그를 만났다. 그리고 서서히 그의 연기에 빠져들어 갔다. 영화 〈적도의 꽃〉, 〈만다라〉, 〈오염된 자식들〉, 〈그 해 겨울은 따뜻했네〉 등에서 그는 제국주의적 서구영화에 물들어 있던 내 편견과 어리석음을 질타하고 조롱하고 꼬집어주었다. 나 또한 〈만다라〉에서 보여주었던 그의 그 깊숙하고 잘 조율된 연기가 매너리즘에 빠지지 않고 더욱 원숙하고 새로워지기를 바랐다. 그는 과연 훌륭한 연기자였다. 기대를 저버리지 않았다. 〈성 리수일던〉, 〈달빛 사냥꾼〉, 〈고래 사냥1, 2〉, 〈성공시대〉, 〈개그맨〉 그리고 〈남부군〉에 이르기까지 그는 거듭 변신을 꾀해나갔고 그때마다 화려한 성공을 거두었다.

그는 시나리오 선택에 신중했고(그는 이름이 대단히 성

적性的임에도 불구하고 말 타고 색색거리는 따위의 사이비 에로영화에는 출연한 적이 없다), 일단 선택한 작품에 대해서는 혼신의 열정을 다하는 자세를 보여주었다.

〈남부군〉 촬영 때는 빨치산의 초췌한 모습을 재현하고자 몇 달 동안 머리를 감지 않고 수염도 깎지 않았으며, 영화를 위해 체중 감량을 시도했다는 보도를 접하고 나는 흐뭇했다.

그는 정말 연기자다운 연기자이자 정말 연기가 뭔지 아는, 한국의 몇 안 되는 연기자 중의 하나임에 틀림없다. 그의 연기를 수시로 대할 수 있다는 것은 한국 영화계뿐만이 아니라 우리 모두의 즐거움이다. 텔레비전과 같은 매체에 함부로 얼굴을 내밀지 않으면서 승부사다운 철저한 자기관리를 게을리 하지 않는 그의 자세가, 오늘날 그를 한국 최고의 연기파 배우라는 위치로 끌어올렸으리라.

그러고 보면 소설가랍시고 이런 잡문 나부랭이나 끄적이고 있는 나도 참 한심한 놈이란 생각이 들지만, 쓰는 대상이 안성기라면 써볼 만하지 않은가 하는 걸로 위안을 삼고 싶다.

조선인이 세운 일본 도자기의 메카, 아리타

후쿠오카에서 열차편으로 한 시간 반 만에 아리타에 도착하였을 땐 정오 무렵이었다. 역사 옆에 마련된 여행 안내소를 찾아 가나가에 옹의 집을 물었다. 그의 이름을 대자마자 조금도 지체없이 상세한 약도를 그려주는 안내원의 태도에서 그가 이 아리타에서 상당한 명사의 대접을 받고 있음을 금방 알 수 있었다.

읍 정도 크기의 아리타는 시가지가 골짜기를 따라 동서로 길게 형성되어 있었는데, 전체적으로 무척 깨끗하고 조용하며 부유한 인상을 주었다. 첫눈에 들어오는 것이 도로가에 즐비하게 늘어선 도자기 상점들이었다. 도시 어디를 가나 형형색색의 도자기를 가득가득 진열해놓은 가게들 천지였다. 곳곳에 들어서 있는 도자기 공장들도 눈에 띄었다. 이곳 주민의 팔 할이 도자기와 관련된 생업에 종사하고 있다고 한다. 이곳이 일본 국내에서는 물론 멀리 유럽에까지 명성을 떨치고 있는 일본 도자기 제조의 메카라는 사실을 한눈에 알 수 있었다.

지금은 겨울이라 한적하리만치 조용하지만 도자기 축제가 열리는 5월에는 장장 4킬로미터에 이르도록 자기 노점상들이 늘어서고 세계각국에서 몰려든 관광객과 도자기 판매상들로 북적댄다고 한다. 그 기간 동안에는 밤늦도록 불빛들이 휘황하게 빛나 도자기의 오묘한 색깔과 어우러진다고 하니 가히 그 장관이 짐작되고도 남는다.

시가지 서쪽에 위치한 가나가에 옹의 집은 아리타 정(町) 히에꼬바 2075번지였다. 그의 방은 역시 도공의 길을 걷고 있다는 그의 큰 자제가 직접 구워낸 자기로 장식되어 있었다. 사백여 년 전 낯설고 물 설은 타국에 끌려온 조선인 도공 이삼평의 도예 혼이 그 자손의 핏줄을 타고 맥맥이 흘러와, 시대와 세월을 뛰어넘어 바로 눈앞에 재현되어 있었다.

가나가에 옹은 시종 진지하고 열띤 목소리로 그의 선조인 이삼평에 관한 이야기를 들려주었다.

이삼평(李參平)은 본래 충청남도 금강(錦江) 유역 사람이다. 그가 150여 명의 다른 조선인 도공들과 함께 나베시마 나오시게 군(軍)에 의해 강제로 규슈 지방으로 끌려온 것은 임진왜란이 한창이던 1596년(선조 29년)의 일이었다. 뒤에 이삼평은 이름을 가나가에 삼뻬이(金江三兵衛)로 고쳤는데 가나가에(金江)라는 성은 금강(錦江)에서 따온 것이었다.

당시 도자기 제조 기술이 전혀 없었던 일본에서는 도자기가 희귀한 보물이어서 왜군들이 조선인 도공의 납치에 혈안이 되었다는 것은 주지의 사실이다. 그들은 조선의 도공뿐만 아니라 조선의 도토(陶土)와 유약과 연료까지 함께 실어 왔다.

그러나 조선에서 가져온 재료가 동이 나자 그들은 국내에서 질 좋은 도토의 발견에 고심하게 된다. 이삼평의 도공 집단이 일본에 처음 정착한 곳은 '다구'였으나 이후 이들은 '토오진고바', '고오라이다니', '오오야마' 등지를 전전하게 된다. 그것은 순전히 좋은 도토를 구하기 위함이었다.

이삼평은 각지를 답사하여 드디어 1616년(광해군 8년)에 아리타의 이스미산(泉山)에서 백자광을 발견한다. 그 즉시 그곳에서 가까운 덴구(天狗) 계곡에 요(窯)를 열어 이 해에 이삼평은 일본에서 최초의 백자를 구워내는 데 성공하게 되는 것이다. 이것이 유명한 '덴구요'이며, 이삼평이 일본의 도조(陶祖)가 되는 계기였다.

백자 생산은 당시 조선 도공의 선진 기술로서만 가능한 일이었다. 이에 크게 기뻐한 규슈 지방의 나베시마 번주(藩主)는 곧 번내(藩內)에 산재해 있던 조선 도공 집단을 아리타에 모았다. 그리고 조선인 보호와 산림 남벌 방지라는 명목으로 일본인 도공들을 이 지방에서 축출하고 일본인의 아리타 출입을 엄금하였다. 그 목적이 자기제조의 비법이 타번으로 유출되는 것을 방지하는 것에 있었음은 물론이다.

그리하여 아리타는 얼마 안 가 일본 도자기의 메카로 등장하였고 오늘날까지 번영을 구가하게 되었다. 그 후에 생긴 구타니요, 아이즈요, 세토요, 그리고 교토의 기요미스요 등 일본의 주요한 요들은 모두 이 아리타의 자기 제조 기술이 퍼져나가 형성된 것들이다.

가나가에 옹의 말에 의하면 시조 이삼평으로부터 6대까지는 요업(窯業)을 전업으로 하였으나, 그 후로부터는 일족이 각종 직업에 종사하여 여러 곳으로 흩어져 지금 아리타 정에 거주하는 가나가에 성을 가진 일족은 40여 호에 불과하다고 한다. 그 자신도 철도국에 오래 근무하다가 정년퇴임 후 자신의 요를 경영하며 자기 제조에만 전념하고 있다고 한다.

그는 작년 한국을 세 번 다녀갔다. 최근에 서울에 사무국을 두고 결성된 도조 이삼평 기념사업회 일과 서울에서 가졌던 자신의 작품 전시회를 위해서였다. 그리고 기념사업회의 오랜 노력이 결실을 맺어 1990년 10월 26일엔 이삼평의 고향 부근인 계룡산에 이삼평 기념탑이 준공되었는데 그 제막식에도 참석하였단다. 그동안 역사 속에서 묻혀 있던 이삼평이 뒤늦게나마 그 역사적 의미를 재평가 받고 있는 셈이다. 그 역사적 의미란 오늘날 일본이 세계적으로 자랑하는 도자기 문화의 뿌리가 우리 선조에 있었다는 자부심에 다름 아닐 것이다.

그의 안내를 받아 그의 집 뒷산에 위치한 '참례묘'를 찾았다. 참례묘는 돌단 위에 조그만 개석(蓋石)을 얹은 형태로 동산의 가장 높은 곳에 서 있었다. 참례묘라고 새긴 비의 양쪽에는 각각 금강(金江)과 심해(深海)라고 새겨놓고 있었다. '금강'은 이삼평 일족을 말하고, '심해'는 또 다른 경로로 끌려와 아리타에 정착한 경남 김해 출신의 도공 '종전(宗傳)'과 그의 부인 '백파선(白婆仙)'의 일족을 말하는 것으로, 이들이 함께 제사를 올린 것을 알 수 있었다.

옛날부터 아리타에서는 매년 6월이 되면 모든 마을 사

람들이 이곳에 올라와 참례묘에 제사를 올리고 망향을 달래는 주연을 베풀어 가무를 즐겼다고 한다. 먼 타국으로 끌려와 조국에 대한 향수와 그리움을 그런 식으로나마 달랬던 초기 조선인 도공들의 한이 풍상에 깎이고 세월을 견디며 쓸쓸히 서 있는 참례비에 그대로 서려 있는 듯해서 보는 이의 마음을 숙연케 한다.

다시 그의 안내를 받아 이삼평의 묘로 향했다. 이삼평의 묘는 일본 특유의 화장묘 비석이 총총히 늘어선 공동묘지 한구석에 자리 잡고 있었다. 이삼평은 그가 일본 최초의 백자를 구워낸 1616년으로부터 40년이 되던 해인 1655년 사망했다. 그는 이곳 아리타에서 일본 자기의 기초를 닦아놓고 죽은 셈이다. 그의 묘에는 '史蹟 初代 金江三兵衛 李參平 墓碑'라고 쓴 흰 나무 말뚝만 서 있을 뿐 사적지로서 특별히 관리한 흔적은 없었다. 그나마 최근에 발견되었다고 하니, 자기 것이라면 조그만 것도 떠벌리고 또한 형식화시키기 좋아하는 일본 민족의 속성에 비추어 볼 때 의외라는 느낌이 들었다.

그와 같은 느낌은 이삼평의 묘에서 5분 거리에 위치한 '덴구요'를 찾았을 때 더 강해졌다. 산비탈을 이용한 덴구요지는 순 우리나라식인 등요(登窯)로 알려져 있다. 이

가마터는 만 5년간(1965~1970)에 걸친 치밀한 발굴 조사가 이루어져 학계의 귀중한 자료로 되어 있다. 또한 일본 최초의 백자를 구워낸 가마터라면 그 역사적 의의도 지대할 것이다.

그럼에도 불구하고 녹슨 철망으로 주위를 두르고 '天狗谷窯蹟'라고 쓴 칠 벗겨진 초라한 나무 팻말 하나만 달랑 서 있을 뿐 다른 설명은 없었다. 가나가에 옹은 해마다 조금씩 지반이 밀려 내려오고 있다며 안타까워했다. 자기 힘으로라도 어떻게 손을 써보고 싶지만 그럴 형편이 못 되어 더욱 안타깝다는 것이다. 어쩐지 이삼평과 그에 관한 사적이 푸대접을 받고 있다는 느낌을 지울 수가 없었다.

일본 학계에서는 일제 군국주의 기간 동안 이삼평이 최초로 일본 백자를 구워낸 사실을 인정하지 않았다. 근래에 들어 다시 옛날의 학설로 돌아가 완전히 그 사실을 인정하고 있지만, 그 학설에도 묘한 구석이 있다. 이삼평이 일본으로 건너온 경위에 관한 것인데, 이삼평이 끌려온 것이 아니라 왜군의 길잡이 노릇을 하다가 동족인 조선인의 보복이 두려워 자진하여, 철수하는 왜군과 함께 일본으로 건너왔다는 식이었다.

그의 도예 기술도 뛰어난 것이 아니었는데 어쩌다 만들어낸 것이 당시 일본의 것보다 우수해서 유명해졌다는 식이었다. 널리 공인된 학설은 아니지만 일본인들이 심정적으로 많이 공감하고 있는 이 학설은 의문투성이다.

그가 왜군의 앞잡이였다면 어떻게 해서 순수하게 조선인 도공들이 만들어 세운 참례묘에 그의 이름이 오를 수 있었으며, 당시 그 도공 집단에서 그보다 뛰어난 도공이 많았다면 어떤 경위로 역사 기술이 그를 중심으로 될 수 있었는가 하는 점이 그러하다. 아무튼 그 학설은 이삼평을 가능한 일본화시키고 깎아내리고자 노력한 흔적이 역력했다.

일본인들은 그들의 역사와 문화에서 비일본적인 요소를 인정하고 싶지 않고, 될 수 있다면 그것들을 제거하고 싶은 것인지도 모른다. 그러면서도 명백한 증거에 의해서 그들의 역사의 도처에 산재해 있는 우수한 비일본적인 것들을 인정하지 않을 수 없다는 것이 오늘날 일본인의 역사 문화적인 의식 속에 가로놓인 자기모순성이며 열등감인지도 모를 일이다.

그 점이 바로 그들로 하여금 광개토왕비를 왜곡하고 임나정벌설을 주장하게 만드는 것인지도 모른다. 따라서 이삼평은 현재 일본인이 누리고 있는 찬란한 도자기 문화에 대한 자존심에 있어서 필요악이며 지울 수 없는 상처일 수도 있는 것이다. 요컨대 이삼평이 만약 순수한 일본인이었다면 그에 대한 추앙은 한층 열렬했으리란 것이 내 생각이다.

아리타에서 이삼평이 제대로 대접받고 있는 듯한 유일한 것은 시가지 동쪽의 도산 기슭에 세워져 있는 이삼평 기념비였다. 잘 다듬어진 돌계단과 돌단 위에 거대하게 솟아 있는 기념비는 최근에 세워진 듯했고 '陶祖李參平'이라는 비문이 새겨져 있었다. 그곳에서 보니 아리타의 시가지 풍경이 지극히 평화롭고 아름다운 한 폭의 그림과 같이 내려다보였다.

400여 년 전 우리 조선인 도공들이 이곳에 처음으로 정착할 때도 이곳은 이토록 아름답고 평화로웠을까. 기념비는 기울어진 오후의 햇살을 받으며 푸른 계곡 사이로 펼쳐진 아리타의 거리를 굽어보고 서 있었다. 마치 무언가를 말해주고 싶다는 몸짓으로.

그 기념비가 무언의 몸짓으로 전하는 말은, 세계적인 도예기술을 자랑하던 우리의 도자기 문화가 임진왜란 이후 급속한 몰락을 거듭해온 반면, 일본은 오늘날 세계적인 도자기 문화를 꽃피우고 있다는 그 역사적 아이러니에 관한 것이나 아닐는지.

영어에 영혼을 팔다

부산 해운대엔 아주 아름다운 길이 있다. 미포 입구 오거리에서 시작하여 해월정을 향하여 오르다가 다시 바닷가 솔밭길로 이어져 청사포에 이르는 길이다. 그 풍광이 아름다워 부산 시민은 물론 외지인들의 발길이 잦다. 그 경치만큼 이름도 아름답다. 달맞이길! 바다 위로 휘영청 떠오른 보름달을 맞이하며 푸른 달빛에 젖어 걷는 길이라니, 이보다 예쁜 이름이 어디 있을까 싶다.

　그런데 이 길이 시작되는 초입에 서 있는 안내판엔 이 아름다운 이름 대신에 '문탠로드'라는 국적불명의 이름이 붙어 있다. 한글로 '문탠로드'라고 새기고 그 옆엔 좀 작은 글씨로 'Moon-tan Road'라고 덧붙여두었다. 친절도 하시지. 아마 해운대를 찾는 외국인들에게 잘 기억되도록 '달맞이길'의 영어식 이름을 붙여둔 모양이다. 한데 문제는 외국인들이 그 이름을 전혀 이해하지 못한다는 데 있다. 언젠가 해운대에 살고 있는 원어민 교사에게 'Moon-tan Road'가 무슨 뜻인지 아느냐고 물었더니 한참 고개를 갸우뚱거리다가 뜻 없는 말이라고 했다. 그게 '달맞이길'의 영어식 이름이라고 설명하자 그는 이해할 수 없다는 표정으로 왜 '달맞이길'이란 훌륭한 이름을 두고 영어 이름을 만들었냐고 되려 내게 물었다.

그 대답은 아마 해운대 구청에서 해야 할 것 같다. 몇 년 전에 그런 조잡한 영어식 조어(造語)를 만들어내어 퍼뜨린 게 바로 그곳이니까. 햇빛에 피부를 그을리는 것이 'sun-tan'이니까, 달빛에 젖는 것은 'moon-tan' 쯤으로 하면 되지 않을까 해서 붙인 이름인 모양이다. 참 그 엉뚱하고 기발한 상상력에 존경을 표하지 않을 수 없다. 하지만 'Moon-tan Road'는 미안하게도 아무 뜻이 없는 말이거나, 억지로 뜻을 부여한다 해도 '달빛에 피부를 그을리며 걷는 길' 이외의 뜻을 가질 수가 없으니 딱한 노릇이다.

부산 광안리엔 아주 아름다운 다리가 있다. 광안리 앞바다를 가로지르는 장장 8km에 이르는 웅장한 다리이다. 밤이면 아름다운 조명을 더해 바다에 비친 불빛 그림자와 함께 대단한 장관을 이루기도 한다. 특히 해마다 펼쳐지는 불꽃 축제가 이 다리를 중심으로 연출되기 때문에 어느덧 부산의 명물이 된 다리이다. 이름하여 광안(廣安)대교! 참으로 세상을 넓고 평안하게 할 이름이 아닌가.

며칠 전에 그 근처를 지나다가 다리 입구에 설치된 전
광판에서 어떤 안내 문구를 보았다. 다이아몬드 브릿지
걷기대회 개최! 허걱, 이건 또 무슨 조홧속인가. 광안대교
가 언제 '다이아몬드 브릿지'로 바뀌었단 말인가. 얼마 전
에 부산시에서 광안대교를 외국인에게 쉽게 기억할 수 있
도록 영어식 애칭을 공모한다더니 당선된 이름이 그것인
모양이었다. 교각의 모양이 다이아몬드처럼 생겼다고 해
서 그런 이름을 붙였다나 어쨌다나……. 아무튼 이제 그
영어식 이름을 퍼뜨리지 못해 안달이 났나 보다. 전광판
에서 그 이름이 광안대교를 대신해 열심히 명멸하는 걸
보니.

멀쩡한 우리 이름을 두고도 영어식 이름을 붙여야만 직
성이 풀리는 이 안달, 아니면 이 강박증은 대체 어디서 오
는 것인가. 뜻도 없는 조어를 만들면서까지, 지역의 유서
깊은 이름의 뜻을 등한시하면서까지 영어식 이름을 붙이
지 못해 난리를 치는 이 의식의 근원은 도대체 무엇인가.
영어식 이름을 붙여놓으면 뭔가 근사해 보이고 현대적으
로 보이고 가치 있게 느껴지는, 소위 말해서 돈이 될 것
같다는, 지극히 자본주의적인 속물근성의 표현이라고 한

다면 지나친 속단이 될까. 아파트 이름들도 보면 참 가관이 아니다. 뜻도 불분명한 영어식 이름을 잘도 갖다 붙여 놓았다. 영어식 이름이 아니면 집값이 떨어진다며 일부러 영어식으로 바꾼 아파트도 있다 하니 가히 영어 만능 사회다.

지금 대한민국은 영어에 미쳐 있다고 해도 과언이 아니다. 해마다 공교육과 사교육을 통해 영어 교육에 쏟아 붓는 비용이 천문학적 액수라고 한다. 그것도 모자라 해외 연수를 떠나는 학생들의 숫자가 해마다 증가하고 있단다. 영어는 이제 살아남기 위한 생존의 수단이 되어버렸다.

이제 우리는 이러한 신자유주의적 경쟁에서 살아남기 위해 영어가 필요하다는 사실을 인정해야 할지도 모른다. 그러나 거리의 간판에, 기업체의 이름에, 상품의 이름에, 하다못해 아이돌 그룹의 이름에 이르기까지 저 흘러넘치는 영어의 홍수를 보고 있노라면 우리 사회가 중요한 걸 잃어버리고 있거나 잊어버리고 있다는 생각이 든다. 최소한의 우리 것, 우리 언어를 지켜야 한다는 의식마저 상실하거나 망각하고, 저 영어의 제국주의적 침략(?) 앞에 우리 정신을 스스로 무장해제 해버린 것은 아닌가 하는 생

각. 한 민족의 언어에는 그 민족의 영혼이 깃들어 있다는
데 우리는 이미 영혼까지 영어에게 팔아버린 것은 아닐까
하는 그런 생각.

참 웃기는 것은 이 영어 광풍에도 불구하고 FTA 협정문
번역에 이백여 군데의 오역이 발생했다는 사실이다. 웃기
면서도 참 눈물겨운 일이다. '오뤤지'를 오렌지라고 발음
해서 그런 것일까, 영어 전용 수업을 따라가지 못해 자살
한 학생이 적어서, 아직도 영어교육에 쏟아 부은 돈이 부
족해서일까. 아니면 영어식으로 바꾸어야 할 길 이름과
다리 이름이 아직도 많아서인가. 그도 아니면 영어는 통
달했는데 정작 우리말로 쓰는 법을 잊어버린 것일까. 영
어는 아무래도 우리의 마지막 남은 영혼마저 팔아넘기길
원하고 있는 것 같다. 젠장할.

무릇 글을 쓰는 시인과 작가는 모국어에 빚지고 있는
사람들이다. 문학은 또 다른 의미로 모국어를 지켜나가는
보루이다. 그건 우리 민족의 영혼을 지키는 일이기도 할
것이다.

귀 없는 토끼와 귀이빨대칭이 조개, 그리고 생태문학

일본 후쿠시마 원전 사태가 일어난 후 원전 반경 30km 밖인 마이에마치 츠시마 지역에서 귀 없는 토끼가 태어났다고 한다. 이것이 방사성물질에 의한 오염 때문인지는 정확히 밝혀지지 않았다지만 만약 사실이라면 방사능의 위험이 상당한 지역에까지 이르렀음을 보여준다. 아니 그보다도 귀 없는 토끼의 출현이 가지는 그 상징성이 가히 충격적이라 하지 않을 수 없다.

토끼에게 있어 가장 특징적인 것은, 다시 말해 토끼를 가장 토끼답게 하는 것은 그 크고 길쭉한 귀가 아닐 수 없다. 보름달에 새겨진 계수나무 아래에서 절구를 찧고 있는 토끼도 그 긴 귀로 인해 토끼이다. 귀 없는 토끼는 더 이상 토끼가 아니다. 토끼에게서 귀를 빼앗아버린 것은, 토끼를 더 이상 토끼가 아니게 만든 것은 원자력 발전, 현대문명이 자랑하는 저 도도한 테크노피아의 세계이다.

이미 우리는 테크노피아의 부정적인 측면, 그 환멸의

의미를 올더스 헉슬리의 『멋진 신세계』에서 보았다. 그럼에도 불구하고 우리는 여전히 테크노피아가 가져다 줄 환상의 낙원을 꿈꾼다. 그것이 죽음의 재인 원자력에 바탕하고 있다는 사실을 깨닫지 못한 채 우리는 인류 문명의 가장 빛나는 첨단의 시대를 살고 있다는 자부심으로 살아가고 있다.

현재 우리가 살아가는 문명이 얼마나 불안한 기반 위에 서 있는지를 우리는 깨닫지 못한다. 토끼 한 마리의 귀쯤이야 있을 수도 있고 없을 수도 있다는 방기된 사고로 우리는 살아가고 있다. 그러나 지금은 귀 없는 토끼가 태어났지만 나중엔 귀나 코나 눈이, 혹은 그 모두가 없는 인간이 태어날지도 모른다는 그 가능성에 대해 생각하려 하지 않는다.

원자력 발전은 가장 손쉽게 얻을 수 있는 에너지를 인류에게 선사한다. 그리고 그 에너지는 인류의 현대 문명의 기반이 되어준다. 우리는 그 에너지 위에서 복된 문명 생활을 영위하고 있다. 전기가 없는 세상, 원전이 없는 세상을 상상해보라. 모든 전기 제품을 사용할 수 없는 세상이 도래한다면 우리 삶의 질은 얼마나 급전직하할 것인가. 그건 가히 공포의 체험이 될 것이다.

문제는 그런 공포가 잘못 사용된 원자력, 혹은 일본의 원전사태와 같이 사고에 의한 원자력의 악영향이 가져다 줄 악몽에 비하면 아무것도 아니란 사실이다. 원자력의 저 가공할 공포를 잊기 위해선 우리는 기꺼이 전기 없는 공포를 받아들여야 한다는 사실을 잊어서는 안 된다. 전기가 없다는 건 겨우 많은 불편을 겪는 일에 지나지 않겠지만 잘못된 원자력은 인류의 생존, 나아가 지구 전체의 생존과 관련된다. 그러한 사실은 체르노빌과 스리마일 섬 원전사고에서 여실히 증명되지 않았는가. 우리가 원자력 문제에 대해 전향적으로 생각해야 할 이유가 바로 여기에 있다.

그러나 우리는 아직도 이 문제에 둔감하다. 물리적인 수명이 다 된 원자로를 계속 사용하여도 그저 그런가 보다 하고만 있다. 그것도 반경 40km 내에 인구 몇백만의 대도시가 근접해 있는데도 말이다. 참으로 강심장이 아닐 수 없다.

전국의 강에서 목적을 알 수 없는 거대한 토목공사가 진행 중이다. 이른바 4대강 사업이다. 아무리 생각해도 강 주변에 유원지를 조성하려는 것 외에는 그 합당한 목적을 알 수 없는 사업이다. 휴일을 즐길 수 있는 유원지가 우리나라에 그렇게 부족해서 온 나라의 강을 파헤치며 이 난리를 피우며 만들어야 하는 것일까. 크레인으로 파내고 콘크리트로 막고 불도저로 갈아엎어 대한민국의 강은 신음하고 있지만 정작 우리는 그 합당한 이유조차 알지 못하고 있지 않은가.

합천보 공사장 근처에선 귀이빨대칭이 조개가 집단 폐사했다는 소식이다. 귀이빨대칭이는 주로 낙동강 하류 진흙이 많고 수심이 깊은 곳에 서식하는 것으로, 분포지와 숫자가 한정돼 있어 1급 멸종 위기종으로 지정되어 있다. 이러한 희귀생물인 귀이빨대칭이 수천 개체가 낙동강과 지천인 덕곡천이 만나는 지점의 강변을 따라 집단 폐사한 채로 발견되었다. 약 1만 개체에 가까운 귀이빨대칭이가 폐사한 것으로 보여 그 일대에 거대한 집단무덤이 들어선 것과 같다고 한다. 폐사의 원인은 낙동강의 과도한 준설에 따른 수위 변동으로 보인다.

4대강 사업도 어떻게 보면 결국 인간의 욕망이 자연을 죽이는 것이다. 인간의 유원지를 만들기 위해 자연의 생존 기반을 빼앗고 있는 것이다. 결국 귀이빨대칭이 조개는 인간의 욕망이 죽인 것과 다름없다. 귀가 없는 토끼가 태어나고 귀이빨대칭이가 살지 못하는 세상, 그런 세상에

선 인간도 결코 행복하게 살 수 없다.

오늘의 생태 위기는 인간의 욕망 충족을 위해선 자연을
지배하거나 정복하고 착취할 수 있다는 그릇된 생각에서
비롯한다. 인간이 영혼과 생각을 가지고 있기 때문에 자
연을 지배하는 위치를 차지하고 있는 것이고, 영혼과 생
각이 없는 자연은 한낱 자동기계에 지나지 않는다는 그
오만한 데카르트적 이분법에서 출발하고 있다.

서구 자본주의가 이룩해온 서구 문명과 근대성은 생태
위기를 가속화시켰다. 산업혁명 이후 이루어진 무분별한
산업화와 공업화는 생태계에 절대적인 위협요소가 되고
있다. 산업화와 공업화, 과학과 기술의 발전, 그리고 근대
적 진보에 대한 믿음은 이제 지구상의 모든 생물체를 절
멸시킬 수 있는 핵무기와 화학무기, 각종 오염물질을 생
산해내기에 이르렀다.

자본주의는 태생부터 어떻게 하면 자연을 상품으로 만
들어 내다 팔 수 있을까에 눈독을 들여왔다. 그리하여 대
중에게 소비는 미덕이라는 인식을 심어 상품의 소비 욕구
를 부추겨왔다. 이러한 과정에서 어쩔 수 없이 자연이 능
욕당하고 황폐화되어왔음은 두말할 여지가 없다.

이쯤에서 생각나는 것이 생태주의 문학이다. 생태주의

문학은 이러한 자본주의의 강력한 견제세력으로 나서기를 주저하지 않는다.

생태주의 문학이 생태학에 크게 기대고 있는 것은 사실이지만 그렇다고 생태학 이론을 문자 그대로 따르지는 않는다. 생태학 자체보다는 생태학의 기본정신(생태주의)을 받아들이고 그 정신을 문학으로 형상화한다. 말하자면 생태주의 정신과 문학의 정신적 가능성이 만나는 접점에서 생태주의 문학은 자리하고 있다.

그 접점의 특성을 살펴보는 것은 곧 생태주의 문학의 근간을 알게 해주는 일이다. 생태주의 문학은 인간중심주의를 반대한다. 인간을 만물의 영장이며 만물의 척도로 보고 자연보다 우월하다고 생각하는 인간중심적 세계관이 생태 위기를 가져온다고 보는 것이다. 인간과 자연을 이항 대립적으로 보고 자연은 단순히 인간을 위해 존재한다고 판단했던 서구 근대철학을 부정한다. 이항대립은 양자택일의 문제가 아니라 상호의존적 존재가 되어야 한다는 것이 생태주의 문학의 생각이다.

생태주의 문학은 절대주의를 반대한다. 공산주의이건 파시즘이건 또는 자유 민주주의이건, 절대주의를 믿는 정치 체제는 결국 부패하게 되어 있다. 절대적인 것은 절대적으로 부패한다. 니체의 말대로 절대적인 것을 믿는 모든 것은 다 병적이다. 생태주의 문학은 절대주의 혹은 전체주의를 거부한다. 종교나 도덕, 예술에서도 마찬가지이다. 이처럼 생태주의 문학은 진리가 어디까지나 상대적이고 다원적이라고 믿는다.

생태주의 문학의 이러한 반자본주의, 반인간중심주의, 반절대주의의 정신은 현대 문명이 앞으로 나아가야 할 방향을 명확히 제시하고 있는 듯하다. 그러나 생태주의 문학은 생태 위기가 가중되어 가는 사회 속에서 오히려 힘을 잃고 있다. 한때 크게 주목받으며 자본주의의 새로운 대안으로 떠오르기도 했던 생태주의 문학은 웬일인지 근래에 들어 시들어가는 느낌이다. 특히 한국에선 제대로 한번 꽃피어 본 적도 없이 슬그머니 그 논의마저 사라져 버린 것 같다.

그것은 오랫동안 거대 담론이 사라져버린 문학적 지형 변화와 무관하지 않을 듯싶다. 현실 마르크시즘의 쇠퇴와 함께 거대 담론이 사라져버리고 갈수록 개인화되고 파편화된 내성적 경향의 문학이 주류를 이루고 있다. 생태주의 문학은 이러한 문학 경향이 수용하기엔 너무 크고 투박해 보이는 정형화된 담론일 수도 있다. 그러나 생태주의 문학은 앞으로 우리 사회와 문명의 건강성을 지켜나갈 등불이 될 가능성을 충분히 내재하고 있다는 것이 최근의 내 생각이다. 우리 모두가 저 자본주의의 속물적이고 소모적인 욕망 속으로 매몰되지 않기 위해 그 가능성의 불꽃을 다시 피우는 것도 문학이 담당해야 할 과제가 아닐까 한다.

새들도 세상을 뜨는구나

2009년 이 깊어가는 가을에 황지우 시인의 「새들도 세상을 뜨는구나」 라는 시가 새삼 가슴에 와 닿는다.

> 영화가 시작하기 전에 우리는
> 일제히 일어나 애국가를 경청한다.
> 삼천리 화려 강산의
> 을숙도에서 일정한 群을 이루며
> 갈대 숲을 이륙하는 흰 새떼들이
> 자기들끼리 끼룩대면서
> 일렬 이렬 삼렬 횡대로 자기들의 세상을
> 이 세상에서 떼어 메고 이 세상 밖 어디론가 날아간다.

극장에서 영화를 감상하려면 반드시 자리에서 일어나 엄숙한 자세로 들어야 했던 그 장엄한 애국가. 노래가 끝나고 빨리 자리에 앉아 본 영화를 보기를 고대하며, 그때 우리가 취해야 했던 획일적이고 어정쩡하고 습관적인 자세를 기억한다. 군사독재문화가 우리에게 끊임없이 주입했던 그 강요된 애국심을 기억한다. 우리들의 열병의 자세로 서 있을 때 우리들의 자세를 흉내 내어 조롱하며 날아가던 새떼들을 기억한다. 그들이 떼어 메고 간 세상은 다시 우리에게 돌아올 수 없는 것이었나.

애국가가 끝나고 정부 정책 홍보용 '대한 늬우스'를 감상하고서야 우리는 본 영화를 볼 수 있었다. 영화 한 편을 보기 위해 우리가 치러야 했던 통과의례는 그토록 길었다. 그리고 우리는 한동안 그러한 비민주적인 통과의례를 잊고 살았다. 그러나 이명박 정부가 들어선 지 2년이 채 못 된 시점에 우리는 그런 통과의례를 겪어야만 영화를 볼 수 있는 야만의 시대로 다시 회귀하고 있다.

문화체육관광부는 정부정책을 홍보하기 위해 2009년 6월 25일부터 '대한 늬우스'를 전국 52개 극장 190개 상영관을 통해 상영한다고 발표했다. 1994년 군사독재문화의 잔재로 지탄받아 폐지했던 것을 되살리려는 시대착오적 발상은 이 정부의 문화적 의식 수준을 가늠케 한다. 새떼는 돌아오지 않고 대한 늬우스만 돌아왔다. 그것도 국민의 60% 이상이 반대하는 4대강 사업을 홍보하기 위한 제1탄을 준비하여. 새떼들이 다시 '끼룩대고 낄낄거릴'

일이다.

그리고 황지우 시인은 한국예술종합학교 총장 자리에서 물러나야 했다. 문화체육관광부가 한 달 넘게 유례없이 비인격적인 감사를 실시한 결과였다. 이것은 명백한 표적감사가 아닐 수 없었다. 이명박 정부 이후 문화예술계를 이념적 스펙트럼으로 갈라놓고 일방적으로 밀어붙이는 일이 예사로 이루어진 결과였다.

2009년 5월 문화체육관광부는 한국예술종합학교 감사를 통해 황지우 총장 사퇴와 교수직 박탈, 진보적 교수들에 대한 중징계, 이론학과 축소, 서사창작과 폐지, 통섭교육 중지를 발표한 바 있다. 그리고 그것은 그대로 시행되었다.

이 사태는 이 정부의 문화적 마인드가 어디에 있는가를 극명하게 보여주는 단적인 예가 된다.

황지우 총장 사퇴와 교수직 박탈, 진보적 교수들에 대한 중징계는 이명박 정부의 코드에 맞지 않는 인사를 축출하고 우파적 구조조정을 기도하기 위한 시도 그 이상도 그 이하도 아니다. 김윤수 전 국립현대미술관장 해임, 한국문화예술위원회 김정헌 전위원장 해임의 연장선상에서 이루어진 행태일 뿐이다.

통섭교육의 중지, 이론학과 축소, 서사창작과 폐지는 그러한 구조조성을 위한 병행 작업이거나 억지 근거 제시에 불과하다. 통섭교육은 디지털 정보사회로의 변화에 발맞추어 예술 장르와 장르, 예술과 인문학, 예술과 과학 등 다른 학문 간의 융·복합을 추진하기 위한 개념으로서, 향후 예술을 비롯한 학문 전반의 발전에 중요한 역할을 할 수 있을 것으로 기대되는 교육이다. 심광현 교수는 오늘날 이러한 교육적 패러다임이 더욱 필요한 이유를 '오늘의 과학기술과 예술이 과거와는 다르게 물질과 생명과 지능의 창조라는 전대미문의 과제에 직면하게 되었기 때문'이라고 역설한다. '이성과 감성, 의식과 무의식, 분과적 전문성과 횡단적 일반성을 동시에 교차시키는' 창조적 사고를 위한 미래지향적 개념이 통섭이론이라는 것이다. 그리고 이 개념은 교육 현장에서 이미 어느 정도 실현되고 있고 그 성과도 보고되어 있는 것으로 알려져 있다.

그럼에도 불구하고 문화체육관광부는 '기초예술에 전념하라'는 이유만으로 통섭 교육의 폐지를 획책해왔던 것이다. 이는 문화와 교육에 대한 철학의 부재와 몰상식의 결과라고밖에 해석할 수 없다. 이론 교육 축소, 서사창작과 폐지도 마찬가지다. 이론의 기초가 뒷받침되지 않는

실기교육이라는 것이 얼마나 허황한 것인지는 재론의 여지가 없는 일이다. 그것은 절름발이 교육에 불과하다. 인문학적 사고, 학문 전반에 대한 이해, 예술에 대한 이론적 기초가 결여된 실기 중심, 실적 중심의 문화교육과 예술교육은 진정한 예술인을 양성하는 것이 아니라 예술 기능인을 양산할 뿐이다. 이론적 기초와 실기를 겸비한 예술교육 폐지를 요구하는 것은 예술에 대한 천박한 인식과 성과 중심의 행정관료적 발상의 결과이다.

이 대목에서 다시 되돌아봐야 할 것은 문광부의 이러한 억지스런 요구와 주장의 속내가 과연 어디에 있는가 하는 점이다. 이는 모든 문화단체와 문화교육기관의 수장 자리에 현 정권의 코드에 맞는 인사를 배치함으로써 문화를 정치권력에 종속시키고자 하는 작업으로밖에 볼 수 없다. 문민정부 이후 역대 어느 정권이 문화를 권력의 시녀로 복속시키기 위해 이토록 전면적이고 의도적으로 앞장선 적이 있었는지 묻고 싶다. 문화의 권력 종속화는 파시즘 정권의 대표적 특성이다. 파시즘 정권하에서 문화는 정권에 대한 대중 이미지를 조작하는 수단에 불과하다.

건강한 문화는 다양해야 하고 자율적이어야 하고 다중발생적이어야 하고 역동적이어야 한다. 획일화되고 정형화되는 것은 결국 문화의 퇴보를 의미하는 것이다. 문화의 퇴보가 사회의 퇴행으로 연결되는 것은 불문가지다. 권력의 힘으로 문화를 줄세우겠다는 발상은 이미 전근대적인 유물이 된 지 오래다. 오늘날의 문화는 하나의 잣대나 하나의 이념, 하나의 가치관으로 재단할 수도 없고 또한 그러해서도 안 된다. 우리의 문화는 이미 다층적이고 중층적인 수많은 가치관과 세계관이 함께 어우러져 만들어진 것이며, 그런 다양성으로 인해 더욱 풍성해지고 건강해지는 것이다. 그럼에도 불구하고 이러한 문화적, 시대적 변화나 현실을 무시하고 대중 이미지 조작의 사전포석을 시도하는 현 정권에 대해 심각한 우려를 표하지 않을 수 없다. '대한 늬우스'의 부활이 국민적 저항, 문화적 저항에 부딪혀 실패했듯이 획일적이고 조작적으로 강요된 문화정책이 반드시 실패할 것은 자명한 일이다.

  문화를 자본의 논리와 권력 의지로 재단하고 방향 짓는 것은 대단히 위험한 시도이다. 그 위험성을 알지 못하는 부류는 문화에 대한 성숙한 이해와 철학의 부재를 질병처럼 안고 있는 부류들이다. 그런 부류가 고안한 문화정책이란 독일 나치의 문화정책과 정도의 차이는 있을지언정 같은 방향으로 기획될 것이다. 예술가란 국가, 민족, 그리고 인종에 봉사해야 한다고 역설했던 나치의 이론가 로젠베르크나, '제국문화회의소'를 설치하여 지식인과 예술인을 모두 여기에 가입시키고 모든 예술가들을 국가의 통제하에 놓았던 나치의 선전부장관 괴벨스가 당시 독일의 문화를 얼마나 열등하고 졸렬하게 전락시켰는지는 잘 알려진 사실이다. 그들은 나치의 이데올로기에 맞지 않은 모더니즘 예술과 20세기 초에 강력하게 등장한 아방가르드나 추상미술을 비판하고 추방하였으며, 나치의 정치적 이데올로기를 적용하기 어려운 고급예술을 포기하고 대중예술을 장려했다. 이 정도는 아니라 하더라도 지금 우리 사회는 분명 이러한 길로 가려는 조짐이 있다.

문화란 모름지기 자율적이고 주체적이고 다양해야 한다. 그래야만 다름을 인정하고 그 다름의 통섭 속에서 건강성과 창의성을 담보할 수 있는 것이다. 자기와 다른 타자를 받아들이는 개방성은 건강한 사회의 지표이다.

지금 우리는 우리 사회의 문화적 마인드가 어디로 향하고 있는지 깨어 있는 의식으로 부단히 감시해야 할 시점에 놓여 있다. 돈이 모든 것의 가치를 재단하는 기준이 되고 경제적 가치와 자본의 논리가 모든 가치관을 지배하는 사회에 우리는 살고 있다. 그리고 그러한 반문화적인 것들이 가장 문화적인 척하며 가면을 쓰고 권력과 손잡으려 하는 조류 속에 내버려져 있다. 그럼에도 우리는 그러한 불순한 가면과 조류에 무감각해져 있는 것은 아닐까. 그러한 것에 용맹하게 싸워온 한국 작가회의의 정신도 쇠퇴하여버린 것이 아닌지 돌아봐야 할 시점인 것 같다. 벽이 없어졌다고 판단하고 섣불리 사다리를 치워버린 사이에 새로운 벽이 우리 앞을 가로막아 섰음을 인식해야 한다. 그리고 그 벽을 극복하기 위한 저항의 영혼을 다시 소환해야 할 시점이다. 우리에게 지금 필요한 것은 작가회의의 초발심을 다시 불러오는 일이다.

다시 황지우의 시를 읽는다.

우리도 우리들끼리
낄낄대면서
깔죽대면서
우리의 대열을 이루며
한 세상 떼어 메고
이 세상 밖 어디론가 날아갔으면
하는데 대한 사람 대한으로 길이 보전하세로
각각 자기 자리에 앉는다.

주저앉는다.

황지우는 새처럼 한국예술종합학교를 떠나갔지만, 우리는 새처럼 날아갈 '이 세상 밖 어딘'가가 없다. 그렇다고 '각각 자기 자리에 주저앉을' 수는 더더욱 없지 않은가. 글로써, 노래로써 일어서야 할 때가 온 듯하다.

그 큰 깃발 홀로 흔들다가
—고 노무현 대통령 영전에

그를 처음 실제로 본 것은 아마 1995년도 무렵 부산 시장 선거 유세가 한창이었던 때로 기억된다. 구포시장 근처를 우연히 지나다가 단상 위에서 연설을 하고 있는 그를 보았다. 그러거나 말거나 나는 무심히 지나치려 하였다. 아니 무심한 정도가 아니라 속으로 냉소를 지었다. 당시에도 정치에 대한 지독한 혐오증에 빠져 있었던 터라 정치가들의 어떤 화려한 수사도 입에 발린 소리로밖에 들리지 않을 때였다. 그가 아무리 5공 청문회 당시 예리하고 명쾌한 논리와 언변으로 5공 인사들을 사정없이 몰아붙인 장본인이라 하더라도 말이다.

그러나 그가 단상 위에서 토해내는 열정적인 연설에 나는 문득 발이 묶이고 말았다. 그가 소리 높여 외치는 말은 자신을 시장으로 뽑아달라는 것이 아니었다. 정치권의 비주류인 자신을 선출하는 것이 고질적으로 고착된 지역주의와 분파된 제도권 정치를 벗어던질 첫걸음이 될 것이라고 그는 말하고 있었다. 이마에 굵은 주름살을 가진 조그만 체구의 그가 그리는 그림은 매우 큰 것이었다. 나는 어느새 그의 연설에 빠져들고 있었다.

그는 모든 이들의 예상대로 그해 시장 선거에서 낙선했다. 그의 큰 그림을 받아들이기엔 우리들의 가슴이 너무 좁았고 주류 정치권의 벽은 너무도 높았다. 그러나 그의 이름은 내 가슴에 인상적으로 남았다. 내가 정치인에 대해서 개인적인 관심을 가지게 된 것은 그것이 처음이었다.

그는 이후에 민주당 대통령 후보에 당선되고, 그리고 드디어 대한민국 대통령이 되었다. 그리고 국회에서 탄핵 대상이 된 최초의 대통령이 되었다. 또한 그 탄핵 정국을 특유의 돌파력으로 극복해내었다. 그 모든 과정을 통해 그가 보여준 것은 처음 내가 보았던 그 인상과 다르지 않았다. 임기 내내 주류 정치권과 언론의 집중포화를 맞으면서도 그는 결코 기득권들이 휘두르던 그 더러운 수단을 사용하지 않았다. 남북으로, 동서로, 양극화로 종착되어 있는 갈등과 분열을 풀어내고자 했던 처음의 큰 그림을 그는 결코 포기하지 않았다.

대한민국 역사에 있어 그런 큰 그림을 그린 정치인이

누가 있었던가. 그 진정한 가치를 위해 온몸을 던져 헌신한 이가 과연 누가 있었던가. 현재엔 누가 있는가. 앞으로 그런 정치인이 대한민국에 다시 나타날 수 있을까. 그의 영전에서 새삼 이런 물음으로 가슴이 아프다. 주류 정치권과 더러운 언론이 그를 물어뜯을 때 우리는 그의 진정성을 의심하지 않았던가. 그의 큰 그림의 구도가 실현되는 것을 무서워했던 세력이 끊임없이 훼손해온 그의 이미지에, 우리도 얼마만큼의 책임은 없는가. 그런 생각으로 또 가슴이 아프다. 후회는 언제나 한 발짝 늦게 오고 뒤돌아보면 이미 돌이킬 수 없는 것이 되어 있다. 그리고 남은 것은 길고 긴 조문 행렬과 수없이 펄럭이는 만장뿐이라는 것, 그 사실도 우리를 슬프게 한다.

경찰의 벽 뒤에 숨어, 검찰의 어두운 밀실에서 작동하는 구시대적 정권에 대한 악몽이 되살아나고 있는 지금이다. 그가 그토록 힘들게 세워놓았던 진실의 탑은 구시대적 정권에 의해 악의적이고 조직적으로 무너지고 있다. 그가 앞으로 밀었던 민주주의의 수레바퀴는 거꾸로 돌아가려 하고 있다. 지금 우리가 기억해야 하는 것은 그의 웃음과 열정과 진정성을 잊지 말고 저 흔들리는 탑을 다시 세우는 일이요, 뒤로 가는 수레바퀴를 앞으로 다시 돌리는 일이다. 지금 "슬픔의 힘을 옮겨서 새 희망의 정수박이"에 들이붓는 일이다.

그립다. 그 큰 깃발 홀로 흔들다가 찢겨진 기폭과 함께 떨어져 내린 사람. 내 유일하고 영원한 대통령, 그가 그립다. 그의 소박한 웃음, 이마의 굵은 주름살이 그립다.

3장

커피 한 잔과 책 한 권

똥에 관한 유쾌한 단상

빠듯한 일상에 쫓기며 살다 보니 요즘은 차분히 앉아 시 한 편 음미해볼 여유도 없다. 어쩌다 읽게 되는 시에서도 좀체 감동을 받지 못한다. 감동적인 작품을 만나지 못했거나 내 감수성이 이미 낡고 무디어져 어떤 작품에도 감동을 받지 못하거나 둘 중 하나이겠지만, 아무래도 후자일 가능성이 크다.

그 와중에 읽게 된 송인필의「똥에 관한 각서」는 내 무딘 감각을 뚫고 유쾌한 감동으로 다가온 시였다. 이 시를 읽고 나서 나는 한동안 속으로 낄낄거리고 웃었다. 아하, 여자들도 이런 시를 쓰는구나 하는 다분히 반페미니즘적인 생각을 하면서. 그러나 이 시는 마냥 웃게만 하는 작품이 아니다. 그 웃음 너머로 배어드는 자못 진지한 철학이 있다.

여간 어려운 게 아니야

똥을 제대로 싼다는 건

세상을 제대로 사는 일이야

신경줄을 모아 숨을 차단하고

대장을 돌아 소장을 지나 받들어 똥!

똥에게 경배하는 거야

빠른 세상, 때와 장소 가릴 새 없이 싸갈긴 똥은

구린 줄도 모르는 거야

무얼 삼켰는지 어떻게 살았는지

똥을 보면 흘러 온 싸가지가 보여

똥은 똥만의 철학이 있어

빛깔이 있어

세상이 싫어 제대로 삭히지 못한 똥은

주루루룩 볼멘소리만 급하게 뱉어내는 거야

똥을 집어넣고 다니는 그대는 똥통

골치가 아플 때

몸에 열이 오를 때

한 번 시원하게 똥이나 싸 봐

깨끗이 깊은 공복에 든 새벽

도올 선생의 똥철학이나 읽어 봐

소가지 더부룩한 얼굴로 변비에 시달리는 낯짝
오늘은 어떤 구린내를 향긋하게 끌어안을지
— 송인필의 「똥에 관한 각서」 전문

첫 행부터가 재미있고도 의미심장하다. "여간 어려운
게 아니야/ 똥을 제대로 싼다는 건." 그렇다. 입으로 처
먹는 일보다 밑으로 싸는 일이 훨씬 더 중요한지 모른
다. 우린 그걸 잊고 있었던 것은 아닐까. 우아하고 고상
하고 요령 좋게 처먹는 것에만 열중하여 제대로 싸는 법
을 몰라 설사와 변비에 걸린 인간들을 우리는 얼마나 많
이 봐왔는가. 공공의 돈을 수백억씩이나 처먹고 제대로
소화를 못 시켜, "때와 장소를 가릴 새 없이" 똥을 싸갈
기는 정치꾼들, 돈을 버는 줄만 알았지 제대로 쓰는 줄
을 모르는 졸부들. 그들은 그들의 똥이 얼마나 구린 줄
도 모른다.

어떤 똥을 쌌는지 그 "똥을 보면 흘러온 싸가지가" 보인
다. 그래서 똥은 위대하다. 우리는 모두 "똥에게 경배해야
하는" 거다. "대장을 돌고 소장을 지나 받들어 똥!" 이 얼
마나 유쾌하고 통쾌한 해학과 역설이냐.

"똥은 똥만의 철학이 있"고, "빛깔이 있다." 제대로 싼

똥은 썩어서 새로운 생명을 키우는 거름이 된다. 그 똥거름에 의해 키워진 곡식은 다시 밥이 되어 우리의 입으로 들어온다. 생태 인류학자 전경수가 『똥이 자원이다』란 책에서 밝히고 있듯이, 제대로 싼 똥은 밥이다. 그에 의하면 똥을 싸는 행위는 곧 밥을 먹는 행위와 동일시된다. 그래서 시인 김지하도 「똥」이란 시에서 "똥만 보면 못 견디게 베어 먹고 싶어"라고 하지 않았을까.

똥 보면 베먹고 싶어
새벽 샘물
샘 뒤 어덩 위
산죽닢 스쳐 오는 바람을 마셔
동트는 분홍 산봉우리 흰 안개구름 마셔
똥만 보면 못 견디게 베먹고 싶어
내 몸이 곧 흙이어설 게야
흙이 똥을 마다 안함
오곡이 장차 가득가득히 익어 끝내는
열매 열리게 될 터이어설 게야
똥 속에 배시시
애린이 웃어설 게야

꼭 그럴 게야.

— 김지하의 「똥」에서

그러나 제대로 싸지 못한 똥은 거름의 가치조차 없다. 그것은 이미 부도덕의 중금속으로 오염되어 있어 절대로 썩지 않기 때문이다. 그것은 썩어 거름이 되지도 못하면서 이 세상을 돌아다니며 지독한 구린내만 풍긴다. 그런 똥은 개도 먹지 않는다. '똥도 못 싸고 뒈질 놈'이란 욕이 있은데 참 적절한 욕이다. 똥을 제대로 싸지 못해 뒈질 놈들이 우리 주변에 어디 한두 놈인가 말이다.

여성 특유의 섬세한 감수성을 깨끗하고 울림이 깊은 문체로 형상화시키는 것을 특장으로 하는 작가 오정희의 작품에 뜻밖에도 똥에 관련된 에피소드가 많이 등장하고 있음은 퍽 재미있는 일이다.

깔끔한 성격의 남편은 그답지 않게 자주 변기의 물을 내리는 일을 잊는다. 나는 한번도 그 점을 지적한 적이 없다. (……) 그러나 나는 사타구니에 손을 넣고 모로 누워 웅크리고 자는 그의 모습을 볼 때 채 물 내리는 것을 잊은 변기 속의, 천진하게 제 모양을 지니고 물에 잠겨 있는 똥을 볼 때 커다란, 늙어가는 그의 속에 변치 않은 모습으로 씨앗처럼 깊어 들어 있는 작은 그를, 똥을 누고 나서 자신이 눈 똥을 신기하고 이상해 하는 눈길로 물끄러미 바라보는 어린 아이, 유년기의 가난의 흔적을 본다.

　남편의 선배 중에 경상도 시골에서 과수원을 하는 사람이 있었다. 남편과 내가 찾아갔을 때, 그와 그의 아내는 똥과 풀을 섞어 두엄을 만들고 있었다. 그의 아내가 냄새 풍기는 것이 미안했던지 내게 말했다. 똥이 썩을 때의 빛깔은 얼마나 형형색색으로 예쁜지 몰라요. 사람들이 제가 눈 똥을 보지 않게 되면서부터 본질을 잃어가는 게 아닌가 싶다고 나는 대꾸했다.

— 오정희의 「옛우물」에서

　변소의 창으로 거위처럼 두 팔을 휘저으며 운동장을 가로질러 뛰어가는 언니의 모습이 보였다. (……) 나는 이러한 광경을 보며 주머니 속의 케이크를 꺼내 베어 물었다. 그것을 다 먹고 났을 때 갑자기 욕지기가 치밀었다. 참을 수 없었다. 나는 꾸역꾸역 토해냈다. (……) 나는 다리 사이에 머리를 박고 구역을 하며 똥통 속을 들여다보았다.

어두운 똥통 속으로 어디선가 한 줄기 햇빛이 스며들고 눈물이 어려 어룽어룽 퍼져 보이는 눈길에 부옇게 끓어오르는 것이 보였다. 무엇인가 빛 속에서 일제히 끓어오르고 있었다.

　　　　　　　　　　　　　— 오정희의 「유년의 뜰」에서

이 사실에 대해서 평론가 임우기는 "이때의 똥의 더러움은 이미 더러움이 아니다. 어두운 똥통으로 스며든 한 줄기 햇빛은 그러므로 욕망을 응시하는 또 다른 긍정적인 욕망의 삶을 상징하는 것으로 그 상징적 의미망을 넓힌다."라고 말한 바 있다. 똥을 통하여 스스로를 응시하는 긍정적인 욕망의 삶을 감지하는 오정희의 상상력은 가장 추함의 것에서 '빛 속에서 소리치며 일제히 끓어오르는' 본질을 파악해내는 놀랍고 재미있는 시각을 보여준다.

언어(이성, 로고스)의 배출구가 입이라면 똥의 배출구는 항문이다. 입은 로고스를 생산하고 탐미하는 환한 세계인 반면, 항문은 입이 누린 탐미와 로고스의 쓰레기를 거두어 배출하는 어두운 구멍이다. 그러나 똥은 썩어 생명을 살리는 거름이 된다. 그리하여 항문은 더러운 배출

물의 출구인 동시에 생명을 기르는 시원이다.

모름지기 자신의 똥을 들여다볼 일이다. 그리하여 자신이 "세상을 제대로" 살았는지 어린아이처럼 물끄러미 지켜볼 일이다. 필요하다면 손으로 뒤적여도 볼 일이요, 손끝에 찍어 맛이라도 볼 일이다. 나는 "제대로 삭히지 못한 똥"을, "주루루룩 볼멘소리"로 갈겨놓은 것은 아닌지, "소가지 더부룩한 얼굴로 변비에 시달리는 낯짝"을 하고 있는 것은 아닌지 돌아다 볼 일이다. 「옛우물」의 화자의 말처럼 자신이 눈 똥을 들여다보지 않을 때 자신의 본질을 잃어버리기 때문이다.

잡다한 일상에 쫓기며 살아가다가 골치가 아플 때, 몸에 열이 오를 때 한 번 시원하게 똥이나 싸보자. 그리하여 위대한 똥에게 다시 경배하도록 하자. "받들어 똥!" 시인 송인필이 이 세상의 항문을 향하여 날리는 유쾌하고 통렬한 똥침 한 방, 받들어 똥!

밀란 쿤데라의 『느림』

현대는 속도의 시대이다. 자동차의, 비행기의, 로켓의, 컴퓨터의 가공할 속도 속에서 우리들은 살고 있다. 자고 일어나면 세상은 무언가가 달라져 있다. 아니 요즘의 변화는 하루 단위가 아니라 분, 초 단위로 이루어지고 있다고도 한다.

이제 빠르다는 것은 절대적 가치가 되었다. 반면 느리다는 것은 사회의 변화속도에 적응하지 못하는 것이며 그것은 곧 낙오를 의미한다. 사람들은 낙오하지 않기 위하여 앞으로 앞으로만 달려가고 있다. 그리하여 현대인은 속도의 엑스터시에 도취한다.

우리는 왜 이렇게 허겁지겁 달리고 있는가. 그 무서운 질주의 끝은 어디이며 그 끝에는 무엇이 우릴 기다리고 있는가. 쿤데라가 이 책을 통해서 우리에게 제시하고 있는 질문은 바로 이것이다.

'느림의 정도는 기억의 강도에 정비례하고, 빠름의 정도는 망각의 강도에 정비례한다.'

무언가를 기억하기 위해서는 가던 걸음을 멈추어야 하고 무언가를 잊기 위해선 걸음을 빨리해야 한다. 속도의 엑스터시에 도취한 자는 시간을 잊고, 역사를 잊고, 그리하여 자기 자신의 주체조차 잊는다. 시간과 역사, 그리고 진정한 주체를 잊은 자는 영원한 삶보다 그날그날의 세속적 삶에 집착한다. 시간 속에 영속하는 자신보다 순간순간의 대외적 체면과 남에게 전시되는 자신에게 사로잡힌다. 그는 진정한 주체가 아니며 타율적이고 속도에 종속적인 존재일 수밖에 없다.

그리하여 현대인은 '춤꾼'이 된다. 이 소설의 인물들—베르크, 퐁트벵, 벵상, 쥘리, 임마쿨라타—은 모두 그 춤꾼이다. 춤꾼에게 중요한 것은 주체적 자신의 모습이 아니라 무대 위에서 타인에게 보여지는 자신의 모습이다. 그들의 그럴듯한 장광설은 빠른 속도의 춤동작에 다름 아니다. 그러나 그들의 춤 속에는 빠름만 있지 지속이 존재하지 않는다. 일정한 지속에 형태를 아로새기는 것, 그것은 아름다움이 요구하는 것일 뿐만 아니라 기억이 요구되는 것이기도 하다. 형태가 없는 것은 파악할 수도 기억할 수도 없는 까닭이다. 그래서 그들의 춤은 추하다.

쿤데라는 말한다.

"우리 시대는 속도의 악마에 탐닉하고 있으며 그래서 너무 쉽게 자신을 망각한다. 한데 나는 이 주장을 뒤집어 오히려 이렇게 말하고 싶다. 우리 시대는 망각의 욕망에 사로잡혀 있으며, 이 욕망을 충족시키기 위해 속도의 악마에 탐닉하는 것이라고."

이 빠름의 시대에 살면서 우리는 한번쯤 삶의 아름다움이 느림에 있는지 빠름에 있는지 자신에게 물어보는 여유를 가져야 할 것이다. 이 소설의 다음 구절을 기억하며…….

"어찌하여 느림의 즐거움은 사라져버렸는가? 아, 어디에 있는가. 옛날의 그 한량들은? 민요들 속의 그 게으른 주인공들, 이 방앗간 저 방앗간을 어슬렁거리며 총총한 별 아래 잠자던 그 방랑객들은? 시골길, 초원, 숲속의 빈터, 자연과 더불어 사라져버렸는가?"

사랑과 야망의 대서사시
─스탕달의 『적과 흑』

나는 지금까지 이 작품과 세 번 만났다. 첫 만남은 우연이었다. 고교 시절, 집 안에 아무렇게나 굴러다니던 이 책을 나는 세계 명작에 드는 작품이란 이유로 무턱대고 읽기 시작했다. 그 첫 번째 조우에서 나는 어리석게도 이 작품을 프랑스의 제법 훌륭한 연애소설쯤으로 오해했다. 주인공 쥘리앵 소렐이 레날 부인과 마틸드 사이에서 펼치는 그 열정적인 사랑과 야망의 편력은 그런 오해를 불러일으키기에 충분했다. 쥘리앵과 레날 부인, 그리고 쥘리앵과 마틸드가 사랑에 빠져들고 결국엔 파국으로 치닫는 과정의 심리 묘사는 감수성 예민하던 고교생을 사로잡기에 손색이 없었다. 특히 주인공이 레날 부인과 드디어 불륜의 사랑을 완성하는 장면과 심리의 묘사는 숨이 막힐 지경이었다.

이 작품을 다시 읽게 된 것은 대학 시절이었다. 이 두 번째 조우에서 나는 이 작품이 비단 연애소설만이 아니라 사회소설이기도 하다는 사실을 알게 되었고, 이 작품이 가진 사회 · 역사적 의미에 올바로 눈뜰 수 있었다. 이 작품은, 왕정복고로 말미암아 대혁명과 나폴레옹 시대에 잃어버렸던 모든 기득권을 다시 회복하고 그것을 고수해나가려는 귀족세력과 이미 자유 · 평등의 참맛을 알아버린 진보자유주의자 사이의 긴장이 팽팽하던 시기를 다루고 있다. 이러한 대립의 틈바구니에서 나폴레옹의 열렬한 숭배자이자 자유주의자인 주인공 쥘리앵은 당시 제1신분이었던 성직자가 되거나 나폴레옹처럼 군인이 되어 신분상승을 꾀하려는 야망을 불태운다. 작품의 제목에서 적(赤)은 군인의 제복을, 흑(黑)은 사제복을 의미한다.

그러한 야망 속에서 쥘리앵은 베리에르의 시장 부인인 레날 부인, 대귀족의 딸인 마틸드와 차례로 사랑에 빠지고 결국 레날 부인을 총으로 쏜 다음 사형을 당한다. 이러한 주인공의 비극은 목재상의 아들이라는 비천한 신분에 반항한 평민의 불행이었다. 레날 부인이 경상에 그쳤고 주인공의 구제를 위해 탄원하였음에도 그를 끝내 처형케 한 것은 권모술수에 능한 성직자와 귀족들의 권력욕, 혹은 1830년에 승리한 자본가 계급의 질투심이었다.

이처럼 이 작품은 쥘리앵의 비극을 통해 당시 성직자,

귀족 계급의 반혁명적 속성을 고발함으로써 7월 혁명을 향해 무르익어가는 민중의식과 혁명정신을 고취하고 있다. 이것이 바로 "소설이란 큰 길을 따라가며 주변의 풍경을 보여주는 거울"이라고 한 스탕달의 리얼리스트로서의 면모이기도 하다.

이 작품을 사회소설이라기보다 심리소설로 읽게 된 것은, 그 후 르네 지라르의 『소설의 이론』을 공부하면서였다. 르네 지라르는 이 작품에서 수많은 욕망의 삼각구조를 발견한다. 쥘리앵과 나폴레옹, 레날 시장과 발레노, 쥘리앵과 마틸드 사이에 욕망의 삼각구조가 존재한다는 것이다. 자신의 내부에서 진정으로 우러나는 욕망이 아니라 남의 욕망을 흉내 내는 것은 허영이다. 진정한 욕망을 충족시키기 위해 온갖 열정을 쏟는 자만이 허영의 희생물이 되지 않고 평등한 사회에서 자유를 누릴 수 있음을 지라르는 간파한다. 쥘리앵이 결국 마틸드보다 레날 부인의 사랑을 선택한 것은, 왕비와의 사랑을 위하여 죽어간 자기 조상의 낭만적인 욕망을 흉내 낸 마틸드의 허영적인 사랑보다 레날 부인의 진정한 사랑이, 죽음을 앞둔 그의 마음을 울렸기 때문일 것이다.

『잃어버린 고대문명』
—알레산더 고르보프스키 저

알렉산더 고르보프스키의『잃어버린 고대문명』은 인류
문명의 과거에 대한 하나의 가설로서 현대문명에 대한 우
리의 타성적인 사유방식을 근본적으로 되돌아보게 한다.

고르보프스키의 이 저서에 처음 흥미를 가지게 된 것은
순전히 저자가 구소련 학자라는 점 때문이었다. 오랜 냉
전기간 동안 우리가 어디 소련 학자의 글을 읽어볼 엄두
라도 낼 수 있었던가. 그런 호기심에서 촉발된 이 책의 일
독은 뜻밖에도 필자에게 무한한 소설적 상상력을 자극하
는 계기가 되었다. 특히, 신화와 전설로부터 역사적 사실
을 재구성해나가는 저자의 치밀함은 한 편의 소설과도 같
은 구성력을 보여주었다.

고르보프스키의 가설은 대담하다. 또한 그만큼 흥미롭
고 충격적이다. 구소련 학자답게 그는 철저하게 실증적이
고 유물론적인 증명 방식을 택하고 있지만 그의 가설은
놀랄 만큼 풍부한 상상력에 기초하고 있다.

그의 가설을 조악하게 표현하자면, 약 1만 1천 년 전쯤에 지구상에는 고도로 발달한 전 인류 통합적인 문명이 존재했으나 운석이나 혜서의 충돌과 같은 대이변이 지구에 닥쳐 그 문명이 절멸되었다는 것이다. 그리하여 그 대이변으로부터 살아남은 극소수의 문명인들이 자신들의 지식을 독점하여 권력화·밀교화시켰고, 그 와중에서 많은 지식들이 전수되지 못하는 바람에 인류 문명은 급격히 후퇴하게 되었다고 그는 주장한다. 따라서 인류의 4대 문명이 다시 서기까지는 대이변으로부터 수천 년의 시일이 필요하게 된 것으로 보고 있는 것이다. 그는 이 문명의 지식인들이 현대문명으로도 해내지 못하는 일도 종종 해내는 능력을 가진 것으로 보았다.

고르보프스키는 이러한 가설을 증명하기 위해 고고학, 성경학, 문화인류학, 지질학, 천문학, 기후학, 연금술, 수학, 의학, 문헌학, 언어학, 건축학적 역사적 사실에 관한, 그야말로 방대하고 해박한 지식을 총동원하고 있다. 그의 논거는 명백한 사실에 근거하고 있으며 논리 전개는 치밀하고 확신에 차 있다. 그래서 이러한 종류의 가설들이 흔히 주기 쉬운 신비주의적 경향에 대한 의심을 차단시킨다.

그의 논리는 『아웃사이더』의 저자 콜린 윌슨의 저서 『세계 불가사의 백과』에 나오는 몇몇 문제—바다 밑에 잠긴 대륙 아틀란티스와 레무리아, 시베리아의 대폭발, 신비의 사람들—를 비롯해서 바벨탑, 알렉산드리아의 등대 등, 아직 현대인들도 설명하지 못하는 인류 역사 곳곳에 숨어 있는 수많은 수수께끼들을 풀 수 있는 단초를 시사한다. 특히, 『황금가지』의 저자 제임스 프레이저의 문화인류학에서 지원을 받은 듯 노아의 대홍수를 대이변의 결과로 보고, 전 세계의 신화와 전설에서 유사한 모티브를 찾아 일관된 해석을 내리는 부분과 뱀과 새의 상징성에 대한 해석은 단연 압권이다.

소설을 쓰고 있는 필자에게 이 부분은 무한한 상상력을 촉발시키기에 충분했다. 그러나 그의 가설은 동시에 만만찮은 반론의 여지를 내포하고 있다. 자주 인용하는 성경에 대한 해석이 지나치게 단편적이라는 점과 유물론적인 시각에만 철저하다는 점, 그리고 책의 후반부에 나오는 예시가 상당히 비약적이란 점이 그것이다.

그러나 고르보프스키 자신이 거듭 밝히고 있듯이 이 책의 내용은 어디까지나 하나의 가설이다. 이런 점을 감안한다면 그런 결점쯤은 덮어둘 만한 아량도 필요하리라.

문제는 이 책이 일관되게 견지하고 있는 그 전향적인 시각이 아닐까. 인류의 과거를 바라보는 그 전향적 시각은 결국 인류의 현재와 미래를 바라보는 보다 유연하고 확장된 의식을 마련해줄 것이기 때문이다.

인류 지식의 발전은 질문을 던지는 것으로 출발한다. 인류 문명의 진보는 가장 의문의 여지가 없는 진리에 대해서도 한 조각의 의문을 품는 것에서 출발했다. 고르보프스키의 말대로 대담하게 가설을 세우고 그것을 확인하기 위해 철저히 매달려보는 각오가 없다면 진리 탐구와 발견은 불가능하다. 콜린 윌슨은 말한다. '광적인 학문과 정통적인 학문 사이에 명확한 하나의 선을 긋는 것은 위험한 일이다.'라고.

사랑, 그 쓸쓸함
─황석영의 『오래된 정원』

사랑은 우리 삶의 길섶에 피어난 꽃덤불이다. 그것은 화려하고 관능적인 칸나이기도 하고, 때로는 잔잔하고 애틋한 자운영이기도 하다. 우리는 팍팍한 삶의 길을 걷다가 때때로 놀라운 꽃들과 조우한다.

미처 봄이 온다는 예감도 가지지 못한 때, 어느 날 갑자기 이웃집 담장 위로 구름처럼 피어난 백목련. 사랑은 그것처럼 느닷없이 우리 눈을 찔러오기도 하고, 한참을 걷다가 뒤돌아보면 그제야 눈에 들어오는 발밑의 패랭이처럼 슬며시 우리 발자국을 따라오기도 한다.

그 꽃잎 색깔은 우리 삶을 물들이고, 때로는 그것이 우리 삶 자체의 빛깔이 되기도 한다. 젊은 날 내가 만났던 꽃잎들, 그 꽃들은 빛이 바래긴 했지만 여전히 아련한 그리움으로 내 삶을 물들이고 있다.

그 빛깔 속엔 풋내 나는 첫 키스의 추억, 갈증 같은 조바심과 아지랑이 같은 설렘, 타오르는 열정과 동정을 바쳤을 때의 황홀감, 꿈결 같은 충만감과 세상이 무너지는 듯한 캄캄한 절망감 등이 교차되어 있다. 그것들은 나를 이 세상과 섬세하고 민감하게 교감하는 살아 있는 생물이게 했다. 아니, 사랑 자체가 꽃처럼 살아 있는 생물이었다.

그러나 꽃으로 비유할 수 없는 사랑도 있다. 언젠가는 시들어 떨어지는 꽃이 아니라 마음에 새겨진 문신처럼 세월이 갈수록 더욱 뚜렷이 살아나는 사랑도 있다. 황석영의 『오래된 정원』에서 우리는 그런 사랑을 만난다.

운동권, 진보적 사회주의, 감옥 속의 현실……. 이 작품이 가지는 그런 류의 대사회적인 의미는 잠시 접어두고, 갈뫼에서 젊은 날의 한 계절을 함께 보내며 사랑을 싹 틔웠던 무기수 오현우와 미술교사 한윤희의 그 기막힌 사랑에 주목해보자. 세상에 이런 사랑도 존재한다는 자각은 우리 삶을 겸허하게 뒤돌아보게 한다.

18년 만에 출감하여 갈뫼로 돌아와, 이젠 이 세상 사람이 아닌 윤희의 흔적을 찾아다니는 현우의 사랑은 분명 고통이다. 그러나 그 고통이 현우의 삶을 지탱해주는 버팀목이었다. 삶의 한 모서리에서 우연히 마주친 바람 같은 사랑이 삶 자체의 의미로 전환되는 지점이 여기다.

윤희가 남기고 간 딸의 존재가 그 점을 뒷받침해준다. 사랑의 대가는 고통이지만 그 고통은 살아 있는 고통이다. 그 고통으로 인해 사랑은 살아 있는 생물이 된다. 그 고통은 살아갈수록 사랑을 퇴색되지 않게 만드는, 마음에 낙인을 새기는 칼끝이 된다. 그 고통은 오히려 사랑을 아름답게 하고 완성시킨다. 우리는 언제 이런 사랑을 해보았던가.

사랑은 선택이 아니라 어쩌면 운명처럼 다가오는 것인지도 모르겠다. 우리가 길을 가다가 "갑자기 검붉은 색깔의 장미가 가까이 눈에 띈다" 하더라도, "우리가 장미를 찾아온 것은 아니었지만, 장미가 거기에 피어 있었다"고 하더라도, 우리는 장미의 아름다움을 취한 죄로 그 상실의 고통마저 아름답게 받아들일 일이다.

통과제의의 공간
―김소진의 「부엌」

부엌은 신성한 공간이다. 거기엔 가장 강력한 정화의 기능을 가진 물과 불이 공존한다. 그리고 그것들이 서로 조화를 이루어 가장 깨끗한 것, 즉 음식을 만들어낸다. 그 음식은 식구들을 먹여 살리고, 또한 그 아궁이의 열기는 집을 덥혀 살린다. 식구들과 집을 살리는 공간, 그래서 부엌은 어머니의 자궁처럼 생명을 키우고 낳는 공간이다. 자고로 부엌의 신이자 불과 물의 신인 조왕신을 떠받드는 풍습이 생겨난 것도 부엌이 가지는 그런 현상학적 의미와 무관하지 않을 터.

김소진의 단편소설 「부엌」에 등장하는 주인공 '나'는 부엌에서 태어난다. 새로 이사 간 집에서는 아이를 방에서 낳으면 안 된다는 동네 할머니들의 굳은 믿음 때문이었다. 이러한 소설적 설정은 절묘한 데가 있다. 물과 불로 정화되고 생명력으로 충만한 부엌이란 공간에서 아이가 태어난다는 것은 예사롭지 않은 상징적 의미를 함축하고 있다. 이 경우 부엌은 통과제의적 공간으로 탈바꿈한다. 하나의 생명이 우리가 알 수 없는 미지의 세계로부터 이 세상으로 건너오는 공간이 되는 것이다. 그런 제의적 성격은 부엌의 신성성과 잘 어울린다.

그러나 이 작품에서 부엌은 단순하게 주인공이 태어나는 공간으로만 역할하지 않는다. 그것은 중학생이 된 '나'에게 전혀 새로운 세계를 보여준다. 부엌에 딸린 다락방의 옹이구멍을 통해 나는 부엌에서 일어나는 은밀한 어른들의 세계를 엿본다. 거기에는 목욕하는 누나의 부끄러운 나신이 내려다보이고, 마누라를 세 끼 밥 먹듯 두들겨 패는 털보와 언제나 허벅지에 시퍼런 멍이 들어 있는 마누라 필례 사이의, 그 원수 사이처럼 보이는 부부의 이해할 수 없는 격정적이고도 질펀한 정사가 펼쳐진다. 동네 아주머니들이 식칼로 오리의 목을 쳐서 피를 받는 장면이 의식처럼 행해지기도 한다.

이 세상에 태어나 처음으로 접하는 그러한 광경은 아릿하고 숨 막히고 사위스럽다. 어른들이 보여주는 그 비릿한 어둠의 냄새, 비밀한 아름다움, 불가사의한 열정, 일상적인 폭력성을 접하면서 '나'는 혼란스럽고 불쾌하다. 그래서 '나'는 어둑어둑한 부엌방에서 모든 식욕을 잃은 채 더 오래 신열을 앓는다. '나'는 차라리 온몸에 피어나는 열꽃 속에서 성장을 멈추고 싶어한다. '언제까지나 다락방의 아이이자 부엌의 아이로 남고 싶어' 한다.

그러나 깨달음은 첫눈처럼 다가온다. 어느 첫눈이 오는 날, '나'는 그 신열을 털고 다락방을 내려가기로 결심한다. 그것은 '여태껏 숨죽이고 있던 감각들이 일거에 되살아나는 느낌' 때문이다. '나'는 맹렬한 식욕을 느끼며 다락방을 내려와 안방으로 향한다. 통과제의의 고통을 이기고 마침내 어른의 세계로 입성한 것이다.

사람마다 제각각의 '부엌'을 가지고 있을 것이다. 그 부엌의 풍경 중에는 우리를 어른의 세계로 훌쩍 데려갔던, 몹시도 강렬하여 낙인처럼 평생 잊히지 않는 것도 있을 것이다. 그러나 사실 우리는 매일 부엌방을 내려오며 살아가고 있는 것은 아닐까. 살아간다는 것은 매일매일 다락방을 내려와 어제와는 조금 더 어른스런 세계로 편입해 들어가는 과정이 아닐까. 단지 우리가 그것을 어린아이처럼 강렬하게 느끼지 못 하는 것은 우리 감수성의 막에 쌓인 두터운 피하지방 탓일 것이다. 나는 소망한다. 다시 한 번 부엌방에서 신열을 앓을 수 있기를.

유년의 트라우마
─오정희의 「유년의 뜰」

어린 시절 시골에서 살 때 친척 아저씨 한 분이 이웃집에 살았다. 그 아저씨는 지독한 술주정뱅이였다. 허구한 날 술에 취해 비틀걸음으로 고샅길을 들어서곤 했다. 술만 곱게 마셨다면 얼마나 좋았겠냐만 그 아저씨는 취해서 들어오기만 하면 식구들을 두들겨 팼다.

그래서 또 허구한 날 친척 아주머니와 아이들의 비명소리와 함께 그 알량한 세간들이 부서져 나가는 소리가 담장을 넘어 우리 집까지 들려오곤 했다. 정도가 심한 날엔 식칼을 들고 다 죽인다고 악을 쓰며 설쳐대기도 해서 아주머니와 아이들이 우리 집으로 피신을 온 적도 많았다.

폭력을 견디지 못한 아주머니는 결국 아이들을 남겨두고 가출을 하고 말았다. 그리곤 영영 돌아오지 않았다. 아저씨도 애꿎은 아이들만 못살게 굴더니 곧 집을 떠나 행방이 묘연해졌다. 남겨진 아이들은 졸지에 친척집을 이리저리 떠도는 천덕꾸러기가 되고 말았다.

결국 나에겐 동생뻘이 되는 큰아이는 몇 년 동안 우리 집에서 함께 살았다. 그 아이는 말수가 극히 적었다. 늘 슬픈 눈을 한 우울한 얼굴이었다. 그 애가 고등학교를 졸업하고 우리 집을 떠날 때까지 난 그 애가 웃는 얼굴을 본 기억이 별로 없다. 그러나 난 그때까지도 그 동생이 가지고 있을 정신적 상처가 얼마나 깊고 무서운 것인가를 짐작치도 못했다.

오정희의 「유년의 뜰」을 읽으며 나는 주인공 '나'의 모습에서 자연스럽게 그 동생의 이미지를 떠올렸다. 언니를 향한 오빠의 폭력성에서 그 아저씨의 폭력성을 읽었고, 밤마다 화장을 하고 술집을 나가면서 며칠씩 돌아오지 않는 어머니의 모습에서 떠나버린 그 친척 아주머니를 생각했다. 전쟁터로 끌려가 소식이 없는 아버지는 그 친척 아저씨의 또 다른 모습이었다.

이렇듯 「유년의 뜰」은 가족의 폭력과 해체가 어린아이에게 가하는 트라우마의 내력이 섬세한 필치로 생생하게 드러나 있다. 그러나 나는 「유년의 뜰」에 묘사된 '나'의 상처보다 그 동생의 상처가 훨씬 더 깊을 거라고 단언한다. 어린 시절의 정신적 상처는 평생을 따라다니며 당사자를 괴롭히고, 때론 삶의 결을 결정짓기도 한다. 그 동생도 그 상처 탓인지 사십이 넘도록 사회에 적응을 하지 못하고 고생을 하다가 이제 겨우 자릴 잡았다는 소식이다.

몇 년 전에 그 아저씨가 다 늙고 죽을병이 걸린 몸으로 동생을 찾아왔더란다. 죽음을 예감하고 그래도 자식이라고 찾아온 아버지를 동생은 또 말없이 2년 동안 병수발을 해주었는데 이태 전에 돌아가셨다. 장례기간 동안 동생은 슬픈 티가 전혀 없는 무표정한 얼굴로 상주노릇을 하더니만, 장례가 끝나고 나와 가진 술자리에서 갑자기 통곡을 했다.

남자가 그렇게 깊은 울음을 우는 것을 나는 그때 처음 보았다. 동생은 울음 사이로 평생 동안 아버지를 죽이고 싶은 충동에 시달려왔다고 했다. 그러나 막상 다 죽게 된 아버지가 자식이라고 찾아왔을 땐 그 증오도 사라지고 없더란다. 그런 자신이 오히려 증오스러워 괴로웠다는 것이다. 그날 동생의 통곡은 고인이 아니라 어쩌면 자기 자신을 위한 것이었을 것이다.

권력과 저항
−전상국의 『우상의 눈물』

초등학교 4학년 때 나는 경남 합천의 시골 깡촌에서 진주로 전학을 왔다. 처음 본 도시의 풍물은 시골 촌놈에겐 모든 게 새로웠고 신기했다. 전깃불을 본 것도, 텔레비전을 본 것도 그때가 처음이었다. 처음 한동안은 마냥 신이 났고 들떠 있었다.

그러나 꼭 하나 마음에 들지 않는 게 있었는데, 그게 바로 우리 반의 반장이었다. 난 그 애가 왜 반장 노릇을 하고 있는지 도무지 이해가 되지 않았다. 특별히 공부를 잘하는 것 같지도 않았고, 성실한 것 같지도 않았다. 게다가 선생님 앞에서는 유순한 모범생처럼 행동했지만 선생님 눈만 벗어나면 약한 아이들을 놀리고 괴롭혔다. 그래도 담임선생님은 녀석을 듬직한 반장쯤으로 여기고 기회 있을 때마다 칭찬을 아끼지 않았다. 그 애가 반장을 하는 것은 순전히 녀석의 그런 가식적 행태와 집안이 매우 부유하다는 것 때문이라는 걸 나중에야 알게 되었다. 그 후로 나는 더욱 녀석을 싫어했다.

어느 날 방과 후에 녀석과 녀석의 패거리들이 나를 학교 뒤로 불러냈다. 평소에 뻣뻣한 이 시골 촌놈을 한번 혼내주어 길들이겠다는 수작이었다. 녀석은 나와 그 패거리 중 덩치가 가장 큰 녀석과 싸움을 붙였는데, 난 시골 아이들 특유의 오기로 정말 치열하게 싸웠다. 결국 힘에 밀려 무수히 얻어맞았지만 나는 옆에 있던 짱돌을 들어 덩치 큰 녀석의 머리통을 후려갈기고 말았다.

그 이후로 나를 대하는 녀석의 태도는 완전히 변해 있었다. 나를 녀석의 패거리와 함께 어울리게 해주었고, 수시로 나만 따로 불러 양과자를 사주기도 했다. 녀석의 집에도 몇 번 갔었는데, 녀석은 식모가 차려주는 밥을 먹게 했고, 전축과 레코드판을 구경 시키고 음악을 들려주었다. 생전 처음 기타라는 악기를 연주하는 방법을 가르쳐 주기도 했다. 그런 문물의 단맛에 취해가는 사이, 나는 녀석이 알고 보니 매우 괜찮은 아이라고 생각하기에 이르렀다. 나는 녀석이 주도하는 이웃학교 아이들과의 패싸움에 앞장서서 뛰어들게 되었다. 어느덧 녀석의 하수인이 되어 있었던 것이다.

부패한 권력은 그 부정성의 실체가 분명할 때는 거센

저항에 직면하게 된다. 역사가 그걸 증명하고 있지 않은가. 4 · 19 의거와 부마민주항쟁, 광주민주화 항쟁, 1987년 6월 항쟁이 그러하다. 그러나 그 권력의 부정성이 오히려 정의와 선의와 진실의 가면을 쓰고 있을 때 우리는 종종 던져야 할 돌의 방향을 잃어버리기 쉽다.

전상국의 『우상의 눈물』에 나오는 반장 형우와 담임선생은 말썽쟁이 기표를 자신들의 권력적 질서에 편입시키기 위해 철저하게 선의와 진실의 가면을 쓰고 있다. 그들의 사이비 이데올로기는 기표라는 살아 있는 하나의 개성적 인간을 무력화시킨다. 오늘날의 독재 권력은 문화라는 가면, 진실이라는 가면 뒤에 교묘하게 숨어서 음험하게 웃고 있다. 이제는 그것을 꿰뚫어 읽는 혜안과 거기에 맞는 저항의 전략을 마련해야 할 시점이 아닐까. 기표는 자신에게 가해지는 권력의 교묘한 폭력을 본능적으로 깨닫고 저항을 시도했지만, 시골 촌놈이 '괜찮은' 반장 녀석의 미망에서 깨어나기에는 오랜 시간이 필요했다.

자조(自嘲)의 깨달음
─최인훈의 『웃음소리』

요즘 들어 나는 잘 웃지 않는 편이다. 그래서 늘 우울해
보인다는 소리를 자주 듣는다. 예전엔 치아를 모두 드러
내고 웃는 얼굴이 보기 좋다는 소릴 듣곤 했는데 근래엔
그렇게 활짝 웃어본 기억이 별로 없다. 나이 들면서 웃을
만한 감흥을 불러일으키지 못하는 내 감수성도 문제겠지
만, 근본적으로 '이' 때문이 아닐까 하고 스스로 진단하고
있다.

위쪽의 앞니 하나가 풍치로 내려앉으며 뻐드렁니가 되
어버렸다. 그래서 웃으면 그게 한층 두드러져 보여 웃다
가도 입술을 내려 덮게 된다. 그러다 보니 웃음이 일그러
져 아주 시니컬하게 보이는 모양이다. 그냥 웃었을 뿐인
데 때때로 사람들은 왜 자기 말을 비웃느냐고 항의를 하
곤 한다. 참 난처한 일이다. 사람들은 타인의 비웃음에 아
주 예민한 모양이다.

타인에 대한 조소는 함부로 날릴 것이 못 되지만 자기

자신에 대한 비웃음은 어떨까. 가끔씩은 자조적인 웃음을 스스로에게 날려보는 것도 필요할 것 같다. 지금껏 살아온 자기 삶에 대해, 자신이 현재 처해 있는 현실과 그런 현실에 자신을 놓이게 한 주체로서의 자신에 대해 비웃을 수 있는 자기 풍자가 현재 자신의 삶과 존재 의미를 뒤돌아보게 하는 계기가 될 수도 있겠다는 생각이 든다.

최인훈의 소설집 『웃음소리』에는 그런 웃음이 환청이라는 상징적 형식으로 나타나 있다. 사랑하는 남자로부터 배신당한 한 여자가 자살을 결심하고 외진 숲속의 빈터를 찾는다. 그러나 거기엔 두 남녀가 누워 있다. 남자의 품에 안긴 여자의 짧은 웃음소리를 듣고 그녀는 발길을 돌린다. 다음 날에도 두 남녀는 여전히 그 빈터를 차지하고 있고 여자의 웃음소리도 여전하다.

그 다음 날 다시 찾아 갔을 때, 그녀는 형사를 통해 그 남녀가 일주일 전에 죽은 시신이었다는 사실을 알게 된다. 그렇다면 이미 죽어 있던 여자로부터 들려왔던 그 웃음소리는 무엇인가. 자살을 포기하고 돌아오는 길에서 그녀는 그 웃음이 자신의 것이었음을 비로소 깨닫는다. '사보텐이 늘어선 사막' 같은 자신의 삶을 향해 그녀 자신이 보냈던 자조의 웃음이었음을 그녀는 깊은 아픔과 함께 깨닫는다.

그 웃음은 자신의 부조리한 삶과, 또한 삶이 부조리하다고 규정하고 자살을 하려는 자신에 대한, 스스로의 비웃음이 될 수도 있다. 삶이란 그렇게 단순한 것이 아니라는, 그것을 뛰어넘는 그 이상의 무엇이라는 깨달음이 그 웃음에 함유되어 있다. 작품 중반에 나타나는 성당과 예수의 이미지가 상징하는 것처럼 삶이란 그 무엇으로도 훼손될 수 없는, 심지어는 스스로도 훼손할 수 없는 의미의 것이라는 깨달음은 그 웃음을 이중적이고도 역설적이게끔 만든다.

가끔씩은 자신에게도 뻐드렁니를 드러내고 일그러진 웃음을 보내고 싶다. 그래도 그런 자신에게 왜 비웃느냐고 항의하지는 말아야지. 그러다 보면 이런 웃음의 경지에까지 도달하지 않을까. '왜 사냐 건, 웃지요.'

예술가의 삶

―박태원 『소설가 구보씨의 일일』

모든 '글쟁이'들이 그렇겠지만 원고 마감날짜는 다가오는데 글이 잘 써지지 않을 때는 지독하게 고통스럽다. 그래서 때때로 내가 지금 왜 이 짓을 하고 있나 하는 자괴감에 빠질 때가 있다. 남들이 딱히 알아주지도 않을 원고를 붙잡고 밤새도록 씨름하고 있는 나를 보고 집안 식구들은 제발 이제 그만 집어치우라고 한다. 남들처럼 적당히 일상을 즐기면서 평범하게 살라고 한다. 하긴 나 자신도 전업 작가로 나서지도 못하는 주제에 무슨 대단한 작품을 쓰겠다고 이 고생인지 스스로가 한심스러워지기도 한다. 그러면 나는 또 술집으로 달려가 술을 퍼마신다. 그래서 그런지 사람들은 나를 보면 늘 건강이 좋아 보이지 않는다고 한다. 맞는 말이다. 소설가들은 대체로 불건강하다.

자신이 한심스럽고 불건강하게 느껴질 때면 나는 한동안 글 쓸 생각을 아예 하지도 않고, 남의 글을 읽지도 않고, 글쟁이 친구들을 만나지도 않고 지낸다. 그야말로 '평범한 일상'을 살아가는 친구들을 열심히 만나러 다닌다. 그들의 세상살이를 듣는 것은 새삼스레 즐거운 일로 다가온다. 사회적 명성과 경제적 부를 얻은 삶, 혹은 그런 것을 얻진 못했다 하더라도 건강하고 즐겁게 살아가는 그들의 삶에 대해 부러운 맘이 들기도 한다.

그러나 한동안 어울리다 보면 어느덧 그들과 겉돌고 있는 스스로를 발견하게 된다. 그들이 누리는 건강한 시민성에서조차 어쩔 수 없는 속물성의 냄새를 맡기 때문이다. 그건 매우 건방진 일인진 모르지만 나로서는 심각한 일이다. 그러면 나는 또 급작스레 그들의 이야기가 상투적이고 진부하게 느껴지기 시작하는 것이다. 사실 나란 사람은 그동안 그들의 삶을 소재로 글을 써서 쥐꼬리만한 문명을 얻고 있는 처지였음에도 그들의 삶에 전적으로 편입해 들어가지 못하고 머뭇거리고만 있었던 것이다.

박태원의 소설『소설가 구보씨의 일일』은 바로 그런 한 소설가의 '편입과 이탈'의 욕망에 관한 이야기다. 주인공 소설가 구보는 자신의 내면세계 혹은 예술의 세계에서 벗어나 평범하고 일상적인 삶을 영위하는 사람들을 바라보면서 그들과 같은 현실에 편입해 들어가고 싶어 하는 지향성을 가지는 동시에, 한편으로는 평범하고 일상적이고 속물적인 현실로부터 이탈하여 그들과 다른 특별하고 고유한 자신의 예술세계로 숨어들고 싶어 하는 지향성을 가지게 된다. 즉, 그는 시민적 삶의 건강성과 예술의 불건강성, 반대로 시민적 삶의 속물성과 예술의 가치성을 동시에 발견하면서 끊임없이 근대화되어가는 서울의 거리를 배회하고 있는 것이다. 그의 배회는 곧 근대 산업자본주의 사회에서의 예술가의 위치를 상징적으로 보여주고 있다고 할 수 있을 것이다.

서머셋 모옴의 소설 『달과 6펜스』의 주인공 스트릭랜드처럼 자신의 예술을 위하여 가족과 사랑하는 사람들을 냉정하게 버리고 타히티로 떠날 수 있을까? 이 나이에? 내 이 얄팍한 재능으로? 전업작가로 나서지도 못한 겁쟁이 주제에 언감생심, 아서라 말어라. 그런 생각으로 기분도 더러운 밤. 술이나 한잔 하자.

구원의 빛을 찾아
─김곰치의 『빛』

우리는 종종 만난다. 지하도에서, 역 광장에서, 육교 위에서 '예수 천국, 불신 지옥!'을 너무도 확신에 찬 어조로 외치고 있는 사람을. 그럴 때 그 사람의 눈빛은 이미 지상의 것이 아니라 천상의 것으로 보인다. 천국에 들지 못하는 가여운 존재들을 천국으로 인도하려는 그의 외침은, 그러나 그의 충심과는 달리 지극히 비현실적이고 공허하게 들려서 나 같은 불신자로 하여금 차라리 '불신 지옥'에 그대로 머물러 있고 싶은 강한 충동을 느끼게 한다.

　우리는 또 만난다. 바쁜 일상의 틈바구니에서 인파가 오가는 거리를 지나노라면 슬며시 다가와 은근한 목소리로 '도를 아십니까?'라고 속삭이는 사람을. 그는 내가 '그래, 도는 무엇입니까?'라고 되묻기라도 하면 당장 도의 비밀을 하나도 남김없이 전수해줄 것 같은 진지한 눈빛으로 내 표정을 살피고 서 있다. 그럴 때마다 나는 속으로 감탄을 하곤 한다. 이 세상엔 도를 깨친 사람이 왜 이리

많은가 하고.

그런 사람들을 만나고 나면 나는 일상에 파묻혀 잊고 있던 해묵은 의문을 다시 떠올린다. 사람은 죽어서 어디로 가나, 과연 죽음 이후의 세계는 존재하는가, 천국을 가기 위해선 신에 대한 믿음이 절대적 조건인가 등등. 이런 의문들은 앞으로도 결코 해답을 찾을 수 없을 것이다. 그러나 많은 사람들은 그 해답을 얻기 위해 평생을 바치기도 하고, 실제로 해답을 찾았노라고 외치거나 속삭이는 사람들도 있다.

자신은 해답을 얻었노라고, 드디어 구원을 얻었노라고 외칠 수 있는 사람은 행복한 사람이다. 그러나 아직 어떤 해결의 단서도 찾지 못하고 '불신 지옥'에 있는 나 같은 사람에겐 그들의 해답과 구원이 무모해 보이기도 한다. 학창 시절 열렬한 크리스찬이었던 친구에게 물어본 적이 있다. 기독교적 신의 존재가 아직 우리나라에 알려지지 않았던 시절, 정말 남에게 조금의 해도 끼치지 않고 착하게 살다가 죽은 우리 선조가 있다면 그는 천국에 갈까 지옥에 갈까?

친구의 대답은 단호했다. 그 선조는 신의 존재를 알지도 못하고 믿지도 않았기 때문에 천국에 들 수 없다고. 친구의 대답이 하도 단호해서, '그러면 신의 존재를 알게 하고 믿게 하는 것은 누구의 뜻인가. 신의 뜻이 아닌가. 그렇다면 신은 이미 천국에 들 사람과 아닌 사람을 결정해 두었다는 것이 아닌가'라는 나의 물음은 속으로 삼켜야 했다. 과연 그럴까. 나는 지금도 의문이다.

김곰치의 소설 『빛』은 이러한 의문에 풍자적이고 익살맞은 해답을 들려준다. 막 연애를 시작하는 교회 다니는 여자와 교회 다니지 않는 남자의 만남과 헤어짐을 통해서, 그리고 남자의 깊은 사유를 통해서 그는 성령의 빛으로 둘러싸여 십자가에 높이 매달린 예수를 십자가로부터 풀어내려 시원하게 '똥 누는 예수'로 해체하고 있다.

예수를 그토록 오래 고통의 십자가에 매달려 있게 한 것은 바울(바오로) 이후에 만들어진 우리 인간들의 왜곡된 구원의 이데올로기였다고, 이제 예수를 저 닿을 수 없는 아득한 높이의 십자가에서 풀어 우리 일상 속에서, 우리와 같이 밥 먹고 똥 누는 친근한 예수가 되게 하자고 말한다.

그래서 예수의 하느님이 예수만의 하느님이 아니라 우리 만인의 하느님이 되게 하자고 그는 낄낄대듯 말한다. 그의 말에는 수많은 '안티'가 생겨날 여지가 다분하다. 그런데도 어째서 나는 그의 말이 훨씬 더 현실적으로 들리는 것일까. 우리 구원의 빛은 어디 있는가.

죽음의 아이러니
—현진건의 「운수 좋은 날」

가끔 그런 질문을 받는다. 당신의 소설에는 왜 그렇게 죽음이 많이 나오느냐고. 그러면 나는 대답이 궁해진다. 분명히 내 소설에 죽음이 많이 등장하는 것이 맞지만, 나 스스로도 그 이유를 잘 모르기 때문이다. 내가 왜 그랬을까. 왜 그렇게 많은 사람을 죽였을까. '죽음만큼 강렬하게 다가오는 모티브가 있나요. 손쉽게 강렬함을 형상화하려다 보니 죽음이 남발되었겠지요', 할 말이 없는 나는 남의 말하듯이 그렇게 얼버무리고 만다.

하긴 사람의 삶에 있어 사랑과 죽음만큼 강렬한 것이 있을까. 사랑은 당사자에게, 죽음은 뒤에 살아남은 자에게 강렬하게 다가온다. 특히 사랑하는 혈육의 죽음은 말할 수 없는 고통으로 우리의 영혼을 뒤흔든다.

젊은 나이에 부모님의 상을 당하고 나는 하늘이 무너져버린 듯한 슬픔을 맛보았다. 한동안 그 슬픔에서 헤어나지 못하고 방황했었다. 그 방황의 끝 무렵에서 나는 내 삶의 현실을 되돌아보기 시작했다. 부모님이 나에게 어떤 존재였으며, 부모님 사후의 나의 삶이 어떠해야 하는가 하는 따위의 생각들이 확연해지며 내가 처해 있는 현실의 의미를 깨닫기에 이르렀던 것이다.

죽음이란 이처럼 역설적으로 삶을 환기시킨다. 죽음이 많은 예술의 모티브로 자주 등장하는 이유일 것이다. 타인의 죽음을 통해 현재적 삶의 의미를 깨닫는 방식이 예술이라면 예술은 잔인할 수도 있다. 그러나 그게 본래 우리들 삶의 방식이라면 그건 숙명적이라고 해야 할까. "우리는 우리의 소중한 사람의 죽음에 눈물을 흘린다고 말하면서도 실제로는 우리들 자신을 위해 눈물을 흘리고 있다"는 로슈푸코의 말은 진리다.

현진건의 「운수 좋은 날」에서 김첨지 아내의 죽음은 1920년대 하층 노동자의 비참한 현실을 비극적으로 드러내고 있다. 인력거꾼 김첨지의 하루는 모처럼 큰 벌이를 한 운수 좋은 날이었지만, 실상은 병든 아내가 죽는 가장 불행한 날이었다. 결말 부분에 전개되는 반전은 고통스러운 현실에 대한 참담함 비애를 극대화하고 있으며, 진한 페이소스를 전달하고 있다.

이 작품의 묘미는 아내의 죽음이 아이러니한 상황 속에

있다는 것이다. 가장 운수 좋은 날이 아내가 죽는 비운의 날이 되는 반어적 상황은 김첨지라는 도시 노동자가 처한 현실을 극명하게 드러낸다. 또한 평소 구박만 하던 아내에 대한 김첨지의 인간적 애정이 그녀의 죽음과 함께 드러난다는 이중적 아이러니 구조를 형성한다. 김첨지의 울음은 길다. 죽은 자는 말이 없고 슬픔은 살아 있는 김첨지의 몫이다.

이처럼 「운수 좋은 날」은 한 인물의 죽음이 갖는 의미를 입체적이고 중의적으로 전형화하고 있다. 그러나 나의 작품들에 나타난 죽음들은 어떤가. 나는 너무나 가볍고 손쉽게 그들을 죽이지는 않았을까. 모름지기 죽음에 대한 성찰의 깊이를 생각할 때인 것 같다. 다음 작품에는 제발 사람 좀 그만 죽여야지.

4장

빈 교실에 혼자 앉아

3월에

3월이다. 학교에선 3월이 사실상 새해의 시작이다. 새 학년 새 학기가 이때부터 시작되기 때문이다. 3월이면 늘 마음이 설렌다. 새 학년과 반, 새로운 아이들을 만나 그들과 함께 이루어나갈 시간들에 대한 기대가 자못 크다. 올해는 또 어떤 녀석들이 날 웃고 울게 할 것인가. 아이들은 교복만큼이나 똑같아 보이면서도 또 저마다 다르다. 그 보편성과 개성 사이에서 나는 설렌다.

그러나 그런 설렘의 이면에는, 작년과 변함없는 일상이 다람쥐 쳇바퀴 돌듯 다시 시작된다는 씁쓸한 자각이 숨어 있다. 집과 학교 사이를 오가면서, 들어가는 반마다 똑같은 수업내용을 낡은 레코드판처럼 지껄이며, 늘 비슷비슷한 이유로 아이들과 드잡이를 해가며 살아가야 할 일상이 막막하게 펼쳐져 있는 것이다. 삶이 이러한 일상에 멱살

잡혀 있다는 자괴감마저 드는 것이다.

그래서 3월에는 어딘가로 훌쩍 떠나고 싶기도 하다. 정착에 길들여진 타성을 깨부수고 잃어버린 유목의 본성을 찾아 미지의 초원과 숲과 사막을 향해 떠나고 싶다. 그러나 나는 여전히 겁쟁이인데다 방랑의 길에 오르기엔 너무 나이가 들어버렸다. 해서 새로운 아이들을 키우는 것으로 유목의 본성을 달랠 수밖에.

따뜻한 제자

며칠 전에 옛 제자로부터 전화가 왔다. 9년 전, 모 여상의 산업체 특별학급에 근무할 때 내가 담임을 맡았던 학급의 반장을 지낸 제자였다. 지금은 어엿한 아이 엄마가 되었지만, 그때는 단발머리를 찰랑거리며 조그만 일에도 뭐가 그리 재미있는지 깔깔거리며 잘 웃고, 학급의 궂은일도 씩씩하고 싹싹하게 해내던 녀석이었다.

그때 녀석이 다니던 산업체 특별학급이란, 낮에는 기업체에서 일을 하느라 시간이 없어 밤에 공부할 수밖에 없는 아이들을 위한 야간 학교였다. 그래서 학급 아이들의 집안 형편은 누구라 할 것 없이 모두 어려웠다. 대체로 산골 오지 출신의 아이들이 대부분이었고, 부산 시내에 집을 둔 아이는 별로 없었던 것으로 기억된다. 가정환경을 조사해보면 저마다 그 나이의 아이들에겐 감당하기 벅찬 사연들을 안고 있었다.

낮 시간 동안 공장에서 작업을 하느라 피곤에 지친 몸을 이끌고 학교에 나와 형광등 불빛 아래 공부를 하는 아

173

이들은 수업 시간에 꾸벅꾸벅 졸기 일쑤였다. 그게 때때로 너무 안쓰러워 조는 녀석은 내버려두고 수업을 진행하곤 했다. 그래도 아예 책상에 엎드려 자는 녀석이 없는 것이 기특했다. 타이어 회사에 다니는 아이들의 반에 들어가면 타이어 냄새가 났고, 신발 회사에 다니는 아이들의 반에서는 생고무와 접착제 냄새가 나곤 했다.

그래도 쉬는 시간이면 녀석들은 언제나 밝고 명랑했다. 정도 많고 애살도 많아서 학교 행사 땐 학급을 위해 몸을 아끼지 않았다. 합창대회를 준비할 때는 쉬는 시간마다 교실 뒤편에서 악을 쓰고 연습을 하다 다른 선생님들의 지탄을 줄줄이 맞기도 하고, 교내 가장 행렬 땐 온갖 아이디어를 다 짜내어 1등을 하기도 했다.

졸업한 지 십 년이 다 되어가는 지금도 옛 스승을 잊지 않고 전화로 편지로 안부를 전하는 녀석들이 꽤 된다. 몇 녀석은 결혼식 청첩장을 보내와 흐뭇한 마음으로 예식장엘 다녀오기도 했다. 하얀 드레스에 싸여 행복하게 웃고 있는 아름다운 녀석들을 보며 나는 속으로 말했다. 그래, 행복하거라. 너희들은 충분히 그럴 자격이 있다. 그리고 진심으로 빌었다. 녀석들의 앞날에 정말로 행복만이 가득하기를.

반장 녀석도 몇 년 전에 결혼식을 올렸는데 나도 그 자리에 참석해 축하해주었던 기억이 새로웠다. 녀석은 동기 녀석들의 소식을 이것저것 전해주더니 약간은 기어드는 목소리로 얼마 전에 둘째 아이를 출산한 사실을 알려주었다. 꼬맹이 녀석이 벌써 둘째를 낳았느냐고 놀렸더니, 녀석은 첫째가 딸이었는데 둘째가 아들이어서 기분이 꽤 괜찮다고 능청을 떨었다. 그래, 아들 녀석이 커서 뭐가 되면 좋겠느냐고 물었다. 한데 녀석의 대답이 대뜸 이랬다.

"선생님 같은 선생님이요."

그러곤 함께 웃고 말았지만 녀석의 말을 듣는 순간, 속으로 뜨끔했다. 늘 선생 노릇을 제대로 못하고 있다는 자괴감으로 사는 나에겐 과찬의 말이었기 때문이었다. 다시 늘 건강하시라며 전화를 끊는 녀석의 인사에 나는 응답도 옳게 못하고 괜히 허둥거렸다. 전화를 끊고 그 자리에 가만히 앉아 나는 오래 생각해보았다. 아아, 선생이란 뭔가.

녀석들을 생각하면 언제나 마음 한구석이 따뜻해지는 기분이다.

말 더듬기

학기 초였다. 2학년 어떤 반에서 첫 수업을 마치고 나오는데, 한 녀석이 뒤따라오더니 내게 할 말이 있다는 것이었다. 이야기하라고 했더니 녀석은 요즘 녀석들답지 않게 내성적인 태도로 우물거리며 말했다.

"저, 저는 36번 박민옥인데요. 저, 저는 남들 앞에서 채, 책을 잘 못 읽거든요. 그, 그래서 책읽기는 시키지 말아주셨으면 하구요……."

녀석은 그렇게 말하는 중에도 얼굴이 발갛게 상기되었다. 학생들 중에는 성격이 소심해서 약간의 대중공포증 증세를 보이는 녀석들이 간혹 있었으므로 나는 그러마, 하고 별 생각 없이 넘어갔다.

일은 그로부터 두 달쯤 뒤에 일어났다. 마침 녀석의 반에서 새롭게 시작하는 단원을 읽혀나가고 있었는데 세 번째 낭독자로 녀석이 지명되었던 것이다. 그건 순전히 녀석과의 약속을 까맣게 잊었던 나의 불찰이었다. 나는 녀석이 두어 줄을 더듬거리며 읽어 내려갈 때까지 녀석을 알아보지 못하고 있다가, 교실 여기저기서 킥킥거리는 웃음소리가 배어나오기 시작할 때에야 속으로 아차 싶었다. 그러나 그땐 이미 그만두란 소리를 하기엔 너무 늦어 있었다. 오히려 중간에 그만두게 하는 게 녀석에게 더욱 큰 좌절감을 안겨줄 가능성이 컸다. 다른 녀석들의 킥킥거리는 웃음소리가 커갈수록 녀석의 목소리는 더욱 위축되어갔고, 간단한 단어에도 막혀 더듬거리는 횟수가 늘어갔다. 그럴수록 아이들의 억눌린 웃음소리는 더 커져가는 악순환이 교실 분위기를 기묘하게 증폭시키고 있었다. 녀석은 이제 이마에 진땀까지 흘려가며 내 쪽으로 한 번씩 애타게 구원을 갈망하는 눈길을 보내왔다. 그러나 나는 그 눈길을 외면하며 녀석이 지정된 한 페이지를 다 읽도록 내버려두었다. 녀석이 괴상한 발음을 읊을 때마다 아이들의 웃음은 어김없이 뒤따랐고 녀석은 거의 울상을 짓고 있었다. 나는 그때쯤 느닷없이 대갈일성을 질렀다.

"오늘 이 반 수업 분위기가 왜 이래? 지금 웃고 있는 녀석들은 뭐가 잘나서 웃고 야단이야? 지금부터 웃는 놈들은 어디 얼마나 잘 읽나 한번 시켜보겠다. 단, 시켜봐서 틀리게 읽을 때마다 한 대씩 맞을 줄 알아라."

그러자 교실 안은 찬물을 끼얹은 듯 조용해졌다. 나는

죄인처럼 고개를 숙이고 서 있는 녀석에게 끝까지 읽을 것을 명했다. 녀석은 겨우 지정된 페이지까지 다 읽었다. 녀석이 읽기를 마쳤을 때, 나는 다시 말했다.

"36번 박민옥, 아주 잘 읽었다. 다음에도 계속 그렇게 읽도록 해라."

그러자 누군가 박수를 치기 시작했다. 그 박수는 전 교실로 퍼져 나갔고 나중엔 박수소리에 교실이 떠나갈 듯했다. 녀석은 처음으로 웃어 보였다.

한데 이상한 일은, 이후로 녀석이 글을 아주 잘 읽게 되었다는 것이다. 그 이후로도 녀석은 자주 지명을 받았는데 한 번도 더듬거리거나 막히는 곳 없이 술술 읽어 내려갔다. 이제껏 녀석을 더듬거리게 한 것은 '나는 잘 읽지 못해. 내가 읽으면 남들이 웃을 거야'라고 하는 스스로의 열패감 이상이 아니었다. 나중에 안 사실이지만, 녀석은 그 열패감을 초등학교 때부터 키워왔고, 아무도 그 열패감으로부터 구원해주지 않았던 것이다. 그 간단한 사건 이후로 녀석은 성장기의 수년 동안 자신을 괴롭히던 그 열패감으로부터 해방될 수 있었던 것이다.

지금은 어엿한 대학생이 되어 녀석은 올 스승의 날에도 넥타이 선물을 들고 나를 찾아왔다. 그래서 난 은근히 물어보았다.

"인마, 너 요즘도 더듬니?"

그러자 녀석은 내 손등을 꼬집는 시늉을 하며 이렇게 말하는 것이었다.

"선생니~임, 저 이래 봬도 영문과예요. 영어회화 점수가 A뿔따구라구요."

사랑의 매

덩치 큰 고등학교 남학생 반 담임을 맡게 되면서 본의 아니게 매를 들게 되는 경우가 많아졌다. 게다가 좀 특수한 학교이다 보니 50여 명이나 되는 반 아이들이 저마다 문제를 안고 있는 아이들이라 체벌이 불가피한 경우가 자연히 늘 수밖에 없었다. 매를 들 필요성이 전혀 없던 여학교에 오래 근무하다가 갑자기 체벌의 필요성을 수시로 요구받는 환경에 처하자 한동안 곤혹스럽기 짝이 없었다.

체벌은 보통 회초리로 종아리나 손바닥을 가격하는 것이 보통이지만, 회초리가 없을 경우엔 옆 머리카락을 잡아당겨 올리는 방법을 즐겨 사용한다.

체벌에 대한 아이들의 반응은 가지각색이다. 그냥 덤덤하게 맞고 가는 녀석이 있는가 하면, 한 대 맞을 때마다 온몸을 뒤틀어대며 한참 동안 엄살을 피우는 녀석도 있고, 다리를 다쳐 종아리는 맞지 못하겠고 손바닥도 한쪽 손만 맞겠다는 핑계형도 있다. 방금 종아리를 맞고 자리로 들어가면서 뭐가 자랑스러운지 다른 녀석들에게 손가락으로 V자를 그려보며 들어가다가 도로 불려나와 더 맞고 가는 녀석도 있다.

한데 매를 맞는 아이들의 태도에 묘한 공통성이 있다. 체념이라 할까 뭐랄까, 아무튼 그런 묘한 패배주의적 몸짓이 녀석들의 태도에 배어 있다는 느낌이 강하게 들었다. 매를 무서워하면서도 매를 맞게 되는 상황이 오면 할 수 없다는, 귀찮지만 어차피 겪고 넘어가야 한다는, 일상사처럼 당연하다는 그런 태도를 보이는 것이다. 다시 말하자면, 매에 아주 익숙해 있으며 매 맞는 것쯤이야 아무 새로울 것도, 놀라울 것도, 억울할 것도 없다는 그 애늙은이 같은 몸짓이 느껴지는 것이다. 매 맞는 것을 반성의 계기로 여기기는커녕 그냥 그 순간을 넘기는 통과의례쯤으로 여기는 듯한 느낌을 받았다. 그건 거꾸로 말해 녀석들이 지금껏 얼마나 많은 체벌의 환경에 놓여 있었는가 하는 점을 여실히 보여주기도 했다.

녀석들의 그런 체념적 몸짓들이 느껴지자 매를 들 의욕이 점차 사라졌다. 동시에 녀석들에게 매를 때리는 것은 더 이상 무의미한 짓에 불과하다는 생각이 들었다. 그래서 매를 드는 대신 노래를 시키는 벌칙으로 바꾸기로 했다. 그런데 이게 뜻밖에도 큰 효과를 발휘하는 게 아닌

가. 겉으론 거칠기 짝이 없는 듯한 머스마 녀석들을 교실 앞에다 불러내 놓고 노래를 부르라고 했더니만, 얼굴이 벌겋게 상기되어 꽁무니를 슬슬 빼지 않는가. 어떤 녀석은 아는 노래가 하나도 없다고, 자기는 정말 음치라고 죽는 상을 하며 사정을 하는 것이었다. 그러나, 흥! 어림 반 푼어치도 없는 소리, 네놈들도 이제 이 독종 선생님께 좀 당해봐라, 속으로 이렇게 고소해하며 힘차게 외치는 것이다.

"잔소리가 많다. 노래도 못하는 녀석이 뭘 믿고 걸리긴 걸리냐. 노래 일발 장진!"

그러면 나머지 녀석들이 따라서 이렇게 외쳐댄다.

"발사!"

그래도 노래가 나오지 않으면 나머지 녀석들이 일제히 야유와 성토를 해대므로, 불려나온 녀석은 목에 핏대를 올려가며 돼지 멱따는 소리로라도 한 곡 하지 않을 수 없는 것이다.

그 후로 수업 시간에 눈에 거슬리는 녀석이 보이면 나는 이렇게 겁을 주는 것이다.

"너, 노래 레퍼토리가 많냐?"

사물놀이와 교육

퇴근을 하기 위해 교정을 걸어 나오는데 어디선가 요란한 중모리 장단이 들려온다. 운동장 한구석의 잔디밭에서 사물놀이반이 연습에 열을 올리고 있는 소리이다. 그 소리가 새삼 듣기 좋아 걸음을 멈추고 한참 동안 귀를 기울여본다. 도심의 한복판에서 들려오는 흐드러진 농악 한마당은 풋풋하게 가슴에 적셔드는 느낌이다. 특히 학생들의 서투른 솜씨로 일궈내는 소리일 때는 더욱 그러하다. 또한 그것이 이미 주위에 만연하여 우리의 의식마저 지배하고 있는 서양 음악의 범람 속에서 들려오는, 우리의 소리란 점을 떠올릴 땐 장쾌한 느낌마저 드는 것이다.

어릴 때 시골 고향 마을에선 정월 대보름의 풍습대로 풍물을 쳤다. 상쇠잡이를 꼭지로 하여 마을 어른들이 제각각의 장기대로 악기를 나눠 맡고 거기다 젊은 장정들이.귀신 쫓는 포수와 상모잡이로 들러리를 서면, 주술성(呪術性)과 연희성(演戱性)을 동시에 가진 이 타악기단은 집집마다 마을을 돌며 정말 신나게 한바탕 풍물 장단

183

을 쏟아놓는 것이었다. 흥이 절정에 달하면 어른들은 남녀 없이 어깨춤을 덩실거리며 놀이패에 합세했고, 아이들은 저마다 볼이 상기되어 어른들의 몸짓을 어설프게 흉내내고 자기들끼리 낄낄거리게 마련이었다. 그러면서 아이들은 이 풍물소리가 악귀를 몰아내고 마을의 번영과 화합을 가져다주리라고 굳게 믿었다.

　요즘은 특별활동의 일환으로 사물놀이반을 운영하고 육성하는 학교가 많다. 그래서인지 학교의 행사나 교육행사에 학생들이 흥겹게 두드려대는 풍물소리를 어렵지 않게 들을 수 있다. 개교기념일이나 스승의 날이면 이 사물놀이패는 운동장에서 한바탕 질펀한 공연을 한 뒤, 그래도 남은 흥을 주체 못하여 애꿎은 교무실로 곧잘 쳐들어온다. 그러곤 교무실이라고 하는, 절대적인 정숙과 조신의 장소로 여겨오던 이 선생님들의 권위적인 공간을, 그 씩씩하고 요란한 장단으로 사정없이 흔들어놓는 것이다. 징소리와 꽹과리 소리에 귀가 멍멍할 지경이어도 선생님들은 너나없이 허허거리고 웃으면서 꼭두잡이가 내미는 모자에 지폐 몇 장을 흔쾌히 넣어주는 것이다. 익살맞은 선생님은 놀이패의 장단에 맞춰 어깨춤을 들썩거리기도 해서 흐뭇한 홍소를 자아내기도 한다.

한데 이러한 사물놀이패 활동이 고등학교에서 금지되었던 적이 있었다. 대학생들의 데모가 한창 기세를 올리던 시절이었는데, 데모대의 선두에 선 것이 그 사물놀이패란 이유에서였다. 즉, 고등학교 사물놀이반 출신들이 대학에 진학해 데모를 주도한다는 지극히 관료주의적인 발상에서 나온 조치였다. 덕분에 고등학교의 사물놀이 반은 사시적(斜視的) 시각의 대상이 될 수밖에 없어 공식적 활동의 명맥을 잇기가 어려웠던 것이다. 그러나 사물놀이 반 학생들 스스로 비공식적인 모임을 가지며 학교의 지원이나 인정 없이 나름대로 그 전통을 이어갔다.

학교에서는 이론적으로 민족문화의 전통의 계승에 대하여 그 중요성을 십분 강조하여 가르친다. 그러나 그것이 이론에만 그치고 실제 현실에서는 잡다한 교육 외적 조건에 휘둘려 전혀 상반된 행태로 나타날 때, 그것은 올바른 교육이 아니라 '바담 풍' 교육일 수밖에 없다. 이젠 저 암담했던 군부독재시절의 유물이 되었지만, 언제 또 어떤 형태로 그 '바담 풍' 교육이 등장하여 사물놀이반을 금지할지 모르는 일이다. 교육 담당자는 끊임없이 그 점을 경계하고 감시하는 것이 또 하나의 의무가 아닐까 생각해본다.

잔디밭에서 들려오는 풍물소리는 자주 끊기기도 하고 한 소절만 되풀이되기도 한다. 잘 안 되는 부분을 반복하여 연습하는 탓일 것이다. 그러나 저 아이들의 열정이 우리의 전통문화를 끊기지 않는 튼튼한 동아줄로 이어주리란 믿음에서 새삼 퇴근길 발걸음이 가볍다.

얘들아 행복하니?

4교시 수업은 여학생 반이었다. 몇 녀석은 피곤에 전 얼굴로 벌써 졸고 있다. 교재에 실린 지문은 달라이 라마의 『행복론』이다. 지문 속에서 달라이 라마는 말하고 있다.

'삶의 목표는 행복에 있습니다. 그것은 분명한 사실입니다. 종교를 믿든 안 믿든, 또는 어떤 종교를 믿든, 우리 모두는 삶에서 더 나은 것을 추구하고 있습니다. 따라서 나는 삶의 모든 행위가 행복을 향하고 있다고 믿습니다…….'

나는 교재의 요지를 설명하려다가 문득 말을 멈추었다. 그리고 아이들을 멀거니 바라보고 서 있었다. 아이들도 무슨 영문인지 몰라 선생인 나를 멀뚱히 바라보고만 있다. 나는 제법 한참 만에야 이렇게 물었다.

"얘들아, 지금 행복하니?"

그러자 일제히 날아오는 대답은 이랬다.

"아~아뇨."

"이렇게 열심히 공부하면 앞으로 행복해질 것 같니?"

나는 재차 물었다.

"아~아뇨."

아이들의 대답은 한결같다.

"그럼 우리는 왜 이렇게 힘들게 공부해야 하는 걸까?"

"몰라요."

정말 밤낮으로 수능시험 준비에 죽자 살자 매달려 사는 것이 아이들의 행복을 보장해줄 수 있을까. 달라이 라마는 마음의 수행을 통해서 영원한 행복에 이르렀다고 한다. 적어도 그 마음의 수행이란 것에 수능시험 준비는 포함되지 않는 것 같다.

행복할 권리

며칠 전에, 이젠 애 엄마가 된 제자에게서 전화가 왔다. 자기 홈페이지에 왜 통 들르질 않느냐고 서운해한다. 잡다한 세상사에 쫓기며 살다 보니 꽤 오랫동안 들르지 못해 미안하기도 하다. 그래서 오늘은 마음먹고 제자의 홈페이지에 들러 여기저기 들여다보았다. 귀여운 아이들의 사진과 함께 재미나고 정다운 이야기들이 가득하다. 스승 대접을 한다고 따로 코너를 마련하여 내 글을 모아 놓기도 했다. 참 고마운 일이다.

이 제자가 다녔던 고등학교는 낮에는 회사에서 일하고 밤에 와서 공부하는 야간학교였다. 형광등 불빛 아래에서 수마와 싸워가며 수업을 듣던 녀석들이 늘 마음에 짠했다. 녀석들의 옷깃에서 묻어나던 화공약품 냄새와 타이어 냄새가 아직 코끝에 생생하다. 회사 기숙사에서 동생과 함께 연탄가스 중독으로 죽은 우리 반 선미도 생각난다. 그 착하고 선한 눈매와 수줍게 웃던 웃음이 기억에 또렷하다.

그렇게 어렵게 공부한 제자가 이제 어엿한 아내와 엄마가 되어 알콩달콩 재미나게 사는 모습이 그렇게 보기 좋을 수 없다. 개구쟁이 남매를 안고 활짝 웃고 있는 제자의 사진을 보노라니 절로 웃음이 떠오른다. 그래, 제자야. 늘 행복하렴. 넌 충분히 그럴 권리가 있어.

영화에 나타난 교사의 이미지

대중매체나 언론에 나타난 교사상이 날로 부정적으로 변해가고 있어 심히 우려스럽다. 특히 영화에서는 그 정도가 더 심하다. 흥행에 크게 성공한 영화일수록 극중에 등장하는 교사를 더 부정적으로 그리고 있는 현실이다. 마치 교사를 악의적으로 그리지 않으면 흥행에 성공하지 못한다는 법칙이라도 세운 듯한 인상을 준다. 과문한 탓인지 모르지만 최근 십 년 사이에 나온 그 많은 영화 중에 학교 선생을 긍정적으로 묘사한 영화라곤 꼭 한 편을 보았을 뿐이다.

그들 영화 속에서 교사는 언제나 권위에 가득 차 있고 폭력적이고 악질적이며 촌지를 밝히는 데다, 무능력하고 학생들에게 무관심하거나 학생들의 문제를 방관하는 인물로 나타난다. 때로는 학생보다 지적 수준이 낮은 푼수데기로 그려지기도 한다.

그들은 언제나 학생들과 대결 구도 속에 놓여 있고, 또 언제나 악당의 역할을 맡고 있다. 그들의 부당한 폭력은 문제아를 만들고 주인공의 영혼에 심각한 타격을 준다. 모든 것을 폭력으로 해결하려드는 그들의 행동은 조직 폭력배와 닮아 있다. 이해할 수 없는 것은 이들 영화 속에서는 조폭이 오히려 선생처럼 그려지고 있다는 사실이다.

영화를 일컬어 현실의 세태를 가장 사실적으로 반영하는 장르라고 한다. 그렇다면 교육의 현실이 그 정도로 전락되어 있다는 말인가. 결론적으로 말해, 예나 지금이나 선생이 조폭과 닮아 있을 만큼은 아니라고 생각된다. 영화 속 내용대로라면 우리의 교육 현장은 진작 무너져 내렸어야 옳다. 폭력과 왕따와 비리로 점철된 교실과 교무실에서 교육은 이미 실종되고 말았을 것이다.

학교와 교사의 입장을 변호하기 위해 강변할 생각은 없다. 교육계에도 다른 세계와 마찬가지로 부정적인 요소가 없다고는 말할 수 없다. 이미 영화와 언론이 그 점을 야단스럽게 부각시켜놓았다. 교육계를 바라보는 그들의 시각 속에는, 학교와 선생은 다른 세계와는 달리 더욱 청렴하고 올곧아야 한다는 우리 사회의 높은 기대 지평이 가로놓여 있다는 것도 안다. 그 점을 인정하면서도 조폭은 미화되고 선생의 실체는 왜곡되어 있는 영화들을 보면 뭔가 크게 잘못되어 있다는 생각을 지울 수가 없다.

모든 것이 대학 입시를 위하여 짜 맞추어진 교육 체제 속에서 선생은 지식 전달자로 전락하고 있고, 아이들은 선생을 참고서쯤으로 우습게 알고, 학부모는 선생과 학교를 불신에 가득 찬 눈으로 바라보고 있는 열악한 교육적 현실에 대한 이야기는 이제 진부하다. 그런 와중에서도 최선을 다해 가르침에 임하고 있는 대다수 선생님들을 거론하는 것도 마찬가지다. 그들의 교육적 열정과 아이들에 대한 사랑을 이해해달라고 호소하는 것도 지겨운 일이다.

　다만, 학교와 교사의 실체를 제대로 파악하고 거기에 걸맞은 모습으로 영화에 반영해주기만을 바랄 뿐이다. 오늘날 문화 속에서 영화의 영향력은 절대적이다. 영화에 나타난 학교와 선생에 대한 왜곡된 이미지는 우리 사회 전반에 걸쳐 교육에 대한 불신감을 확대재생산해내고 있다. 스님의 모습을 왜곡한다 하여 영화 촬영 현장에서 스님들이 농성을 하고, 북파공작원을 잘못 그렸다 하여 영화관 앞에서 시위를 한 적이 있다. 학교 선생님들도 영화관 앞에서 시위라도 한번 해야 왜곡의 정도를 더해가는 교사상을 바로잡을 수 있을까. 하지만 교사들은 그러지 못할 것이다. 무엇보다 보충수업과 야간자율학습시간에 몰려 그럴 시간이 없기 때문이다.

서울 지역의 초·중·고 교장단 회의에서 스승의 날에 휴업을 하기로 결정을 했다고 한다. 한데 그 이유가 씁쓸하기 짝이 없다. 스승의 날에 촌지를 받는 사례를 근절시키기 위한 목적이라는 것이다. 이건 모든 선생님을 범죄 가능자로 보고 범죄 현장으로부터 격리시키겠다는 발상과 다름이 없다. 수고한 선생님들을 하루 쉬게 하겠다는 취지였다면 얼마나 좋았으랴. 영화에서 확대재생산한 교사에 대한 불신감을 학교 관리자들마저도 그대로 보여주고 있는 게 아닌가 해서 민망한 노릇이다.

5장

살면서 가끔 우두커니 서서

꼬마 아가씨

저녁에 지인을 만나러 광안리 레스토랑에 갔다. 맥주를 마시다 남자 화장실에 들렀는데, 바로 옆 소변기에 어떤 남자가 와서 볼일을 본다. 곧이어 네댓 살쯤 돼 보이는 계집아이가 들어오더니 그 남자의 바짓가랑이를 잡고 흔들어댄다.

"아빠, 바다 보러 가."

이 꼬마 아가씨는 광안리 밤바다가 무척이나 보고 싶었던 모양이다.

"그래, 그래. 조금만 기다려."

젊은 아빠는 볼일을 보며 아이를 떼어놓느라 쩔쩔맨다. 그래도 아이는 막무가내로 아빠의 바지를 흔들어댄다. 기어코 아빠의 오줌 줄기가 흔들리더니 구두와 바지자락을 적시고 만다. 바다를 향한 그 꼬마 아가씨의 열망이 그만

일을 저지르고 말았다.

　이처럼 아이들은 대상을 향하여 어떤 조건도 생각하지 않고 곧바로 열망해가는 속성을 지니고 있다. 어린아이들은 이성적 편견이나 자신이 무엇을 알고 있는가 하는 사실, 혹은 자신이 처해 있는 조건에 대해 생각할 시간적 여유가 없다. 그들은 대상과의 가장 짧은 거리를 확보하고 있다. 그 때문에 그들은 살고 생각하고 열망하는 것도 자유롭다. 우리는 언제부턴가 그러한 자유를 잃어버리고 있지는 않을까. 우리는 바다를 보기 위하여, 언제나 오줌과 바지와 구두를 조건으로 생각하고 있는 것은 아닐까.

바둑 유감

청탁받은 원고를 쓰기 위해 컴퓨터 앞에 앉았다. 컴퓨터를 켜자 바탕화면에 바둑 프로그램의 아이콘이 시선을 유혹한다. 에라, 한판 두고 쓰자. 그만, 바둑의 유혹에 간단히 넘어가고 만다.

인사를 나누고 흑백을 정하고 첫 수를 화점에 놓으며 조급해하지 말자고 다짐해본다. 바둑이란 조급한 놈이 지기 마련이다. 그걸 알면서도 평정심을 잃고 덤비다가 지고 만다. 맹렬히 쫓던 상대방의 대마는 달아나버리고, 오히려 내 대마가 오도 가도 못하는 신세가 되어 변비 걸린 표정으로 쩔쩔매고 있다. 그놈의 덜컥수 때문이다.

한 번 지고 나면 오기가 생겨 자꾸 같은 상대에게 대국 신청을 해댄다. 그러나 상대방은 갈수록 느긋해지고 이쪽은 더욱 조급해지니 이길 확률이 낮을 수밖에 없다. 이기겠다는 욕심이 도리어 지게 만든다. 다섯 번을 내리 지고는 상대를 바꾼다. 또 진다. 한 번 지기 시작한 날은 이상하게 계속 지게 된다.

그러다 정신을 차려 보니 새벽이다. 이놈의 바둑, 다시는 안 둬야지! 바둑 프로그램을 휴지통에 버린다. 이기겠다는 욕심, 집착도 함께 버려졌을까. 하지만 내일이면 또 프로그램을 다시 깔기 십상일 것이다. 그나저나 원고는 언제 쓰나.

별 이야기

얼마 전에 수만 개의 별똥별이 떨어지며 밤하늘에 우주 쇼를 연출하리란 예측이 화제가 된 적이 있다. 결국 아침 시간에 그 유성군단이 들이닥치는 바람에 장관을 관측하는 것은 무위에 그치고 말았지만, 그건 상상만으로도 황홀한 일이다.

생각해보면 우주는 참으로 무한광대하고 신비롭다. 우리가 맑은 밤에 육안으로 볼 수 있는 별은 2천 개에 지나지 않는다. 그러나 쌍안경을 사용하면 5만 개의 별을, 구경 2·5인치 소형 망원경으로는 1백만 개 이상을, 미국 윌슨 산 천문대의 구경 1백 인치 망원경을 사용하면 약 5억 개의 별을 볼 수 있다고 한다. 1백만 개, 아니 5억 개의 별이 밤하늘을 밝히고 있는 광경은 전율스럽도록 신비로운 일이 아닐 수 없다.

북극성은 지구로부터 8백 광년 떨어져 있다고 한다. 그러니까 오늘 우리가 보는 북극성의 빛은 고려시대 이규보가 「동명왕편」을 저술하고 있던 때, 북극성을 출발한 빛이다. 지구가 속한 태양계는 지름 8만 광년이나 되는 은하계의 변두리에 속해 있고, 우주에는 그런 은하가 천억 개 정도 있으며 각 은하에는 또 천억 개나 되는 별들이 있다고 한다. 정말 상상을 초월하는 숫자다. 그 숫자에 비하면 지구는 이 우주에서 먼지 한 점보다 더 작은 존재에 지나지 않는다. 더욱이 그 지구에서 살아가는 인간은 얼마나 더 미미한 존재인가.

그런데도 인간은 이 먼지 같은 지구상에서 서로 제 잘났다고 싸우고 반목하고 질시하며 살고 있다. 장자의 말대로 인간사 모두 달팽이 뿔 위의 싸움에 지나지 않는다.

도시 생활을 하다 보면 밤하늘을 올려다볼 기회가 별로 없다. 일상사에 바빠 그럴 마음의 여유가 없는 탓일 게다. 어쩌다 올려다본 밤하늘에 몇 날 보이는 별빛마저 뿌옇게 흐려져 있기 마련이다. 도시의 불빛이 별빛을 가로막고 있기 때문일 것이다.

어릴 때 시골에서 한여름 밤 풀밭에 누워 바라보던, 별들이 금방 쏟아져 내릴 듯이 치렁치렁하던, 그 찬란하게 빛나던 밤하늘을 사람들은 잊은 지 오래다.

오늘도 아파트 광장에서 스모그로 뿌옇게 변해버린 도시의 밤하늘을 올려다보며 사람들이 모두 다 별을 바라보

는 여유를 가졌으면, 그리하여 저 무한한 우주를 느끼고
겸손을 배워 저 우주처럼 넓은 가슴들이 되었으면 하는
바람을 부질없이 가져본다.

보리밥과 손수건

거리에 보리밥을 파는 식당이 눈에 자주 띈다. 보리밥 뷔페까지 생겼다. 나는 보리밥집을 자주 찾는 편이다. 열무김치를 얹어 된장과 함께 비벼 먹는 그 구수한 맛은 어린 시절 고향 마을 사람들의 푸근한 인심을 함께 느끼게 한다.

광안리에 자주 가는 보리밥집이 있었다. 나물과 밑반찬이 정갈하고 맛깔스러워 자주 들렀다. 며칠 전에도 그 집에서 보리밥을 맛있게 먹고 식당을 나섰다. 주차장으로 향하는데 식탁 위에 손수건을 두고 온 걸 깨달았다. 아직 깨끗한 새 손수건이라 아까운 생각이 들어 도로 식당으로 갔다.

식당 문을 열고 들어서는데, 식탁을 치우고 있던 주인 아주머니가 나를 보더니 황급하게 쓰레기통에서 내 손수건을 집어내는 것이 아닌가. 불과 몇 분 사이에 내 손수건은 쓰레기가 되어 있었던 것이다. 손님의 물건에 대한 어떠한 배려도 하지 않는 그 무신경에 부아가 치밀었다.

한마디 하려다 아주머니의 연만한 연세를 생각해 참고 말았다.

그 이후, 다시는 그 집을 찾지 않았다. 그 집의 보리밥에서는 더 이상 구수하고 푸근한 맛을 느낄 수 없을 것 같기 때문이다. 오늘 우연히 그 집 앞을 지나치다 씁쓸한 마음으로 일별했다.

생각의 발효

얼마 전에, 절친한 친구 부부들이 집을 방문하여 오랫동안 담가 놓았던 더덕주를 개봉하기로 했다. 십수 년 되었다는 귀한 더덕을 우연히 구할 기회가 있어 소주에 담가 5년 동안이나 밀봉해놓은 술이었다. 그 오랜 세월 동안을, 꺼내서 맛을 보고 싶은 유혹을 이기고 비장해온 것이니만큼 그 맛이 자못 궁금하지 않을 수 없었다.

단단히 동여맨 유리 항아리의 뚜껑을 여는 순간에는 모주꾼들인 친구 녀석들이 오히려 더 흥분하는 눈치였다. 더덕의 진액이 우러나와 푸른 기가 돌며 황금빛으로 익은 술은 그 색깔부터가 예사롭지 않았다. 더구나 입에 머금었을 때 혀끝을 감도는 부드러운 맛과 진한 더덕 향기는 애주가들을 매료시키기에 충분했다. 오래 숙성되어 잘 익은 그 술맛으로 인해 우리는 그날 대취하였고, 우리의 우정은 더욱 돈독해졌다. 좋은 술은 좋은 친구를 만드는 법이다.

2005년, 황우석 교수 사태로 온 나라가 시끄러웠다. 국민적 영웅에서 일약 희대의 사기꾼으로 전락한 한 과학자의 행보를 보면 블록버스터 활극 한 편을 보는 듯했다. 주인공에 대한 관객들의 열렬한 지지와 기대는 하루아침에 허탈과 분노로 변했다. 관객들은 열망과 기대의 크기만큼, 아니 그 이상으로 실망과 배신감을 감추지 않았다.

그러면서도 한편으론 음모론을 주장하며 주인공의 운명이 반전되기를 고대하는 사람들도 있었다. 온 국민이 참여한 그 활극 대작은 그동안 많은 반전을 거쳤다. 우리 모두 이카로스가 다시 날아오르기를 바랐지만, 밀랍의 날개가 아닌 진실의 날개가 그에게는 남아 있지 않았다.

우리는 세계에 유례가 없는 그 한국형 황당 사건의 원인에 대하여 진지하게 고구해보지 않을 수 없다. 여기에 대한 기존 논자들의 진단도 구구하다. 국내 과학 연구 제도와 체제가 정비되어 있지 않기 때문이라는 이도 있고, 과거 군사정권하에 배양·학습된 애국주의 내지 민족주의가 국수주의로 치달아 일종의 신드롬을 형성한 것으로 보는 이도 있다. 4강 신화를 이룬 지난 2002년 월드컵 때의 응원 열기와 같은 맥락으로 파악하는 것이다. 다 맞는 측면이 있는 주장이지만, 황우석 사태나 월드컵 때에 그 신드롬을 주도한 것이 군사문화 세대와는 거리가 있는 젊은이들이란 점으로 볼 때 꼭 들어맞는 말은 아닌 것 같다.

여하튼 우리 모두는 그 사태의 원인과 결말에 대한 책임으로부터 크게 자유로울 수 없다. 그 활극은 주인공 한 사람이 만든 게 아니다. 우리 모두 주인공의 생각과 행동에 지대한 영향을 미치며 극을 완성시켰던 것이다. 긍정적인 면에서든 부정적인 면에서든.

오늘날 우리의 문화는 즉시성이나 즉물성에 크게 노출되어 있다. 상업적 문화 마케팅의 가장 큰 미덕은 대상에 대해 가장 빠르게 반응하는 즉시성에 있다. 즉시성의 문화 속에서는 현상과 사물에 대한 깊이 있는 천착과 사색이 환영받지 못한다. 대상의 이면과 심층을 숙고해서 진실에 이르고자 하는 사유의 여지가 없다. 즉시성의 문화는 수없이 쏟아져 나오는 정보에 대해 최대한 빠르게 판단하고 빠르게 결론을 내리길 요구하고 있다. 그래서 사람들의 생각은 표층적이고 즉각적이고 즉시적일 수밖에 없다.

황우석 사태도 경박한 우리 문화의 소산이다. 누군가가 제시하는 장밋빛 미래를 깊은 검증 없이 모두가 즉각적으로 믿어버린 즉시성의 결과 말이다. 오래 발효되고 숙성된 더덕주처럼 우리의 생각도 그렇게 발효되고 숙성되기를 기다릴 수는 없을까. 잘 발효되고 숙성된 술이 좋은 친구를 부르듯, 오래 발효되고 숙성된 생각이 진실을 불러올 수 있도록 말이다

꽃에 이르는 길

오랜만에 지인 몇과 금정산에 올랐다. 어린이대공원에서 동문까지 능선길을 타고 오르기로 했다. 연둣빛 신록이 피어나는 숲길은 향기롭고 아름다웠다. 숲 사이에 지천으로 핀 진달래와 길섶에 작은 꽃잎을 피워 올린 야생화들이 반갑다.

동문에 이르자 산성마을 가는 길가에 산벚꽃이 만발해 있다. 고개 넘던 흰 구름이 가지 위에 걸려 있는 듯하다. 그 꽃잎들을 보는 순간, 작년 이맘때쯤 만났던 꼬마가 생각났다. 그때도 이 길엔 벚꽃이 화사한 봄 햇볕 아래 활짝 피어 있었다.

꽃그늘에 앉아 쉬고 있는데 바로 옆에서 대여섯 살가량 되어 보이는 계집아이가 유독 낮게 내려앉은 작은 가지 끝을 잡고 꽃잎을 들여다보며 무어라고 종알거리고 있었다. 잠시 후 엄마인 듯한 여자가 다가오더니 아이에게 물었다.

"꽃이 뭐라고 하니?"

그러자 꼬마는 맑은 눈망울과 딴에는 진지한 표정으로 엄마를 올려다보며 말했다.

"예쁘다고 인사했는데 대답을 안 해. 꽃은 입이 없나 봐. 그치? 엄마."

아이의 엄마가 웃었고 나도 슬며시 따라 웃었다.

우리는 휴일이면 자연을 찾아 꽃과 나무를 보며 즐거워한다. 그러나 즐기는 대상으로만 볼 뿐 아무도 그것들을 대화의 상대로 생각하지 않는다. 우리에게 자연은 건강과 휴식을 위한 수단에 지나지 않는다. 꽃과 나무가 사람과 같은 영혼을 가졌다고는 더더욱 생각하지 않는다.

꽃을 사랑한다는 것은 꽃의 본질을 이해한다는 것이다. 이해하기 위해선 대화의 문을 열어야 하고 그러기 위해선 꽃의 영혼에게 인사해야 한다. 그것이 꽃의 핵심에 이르는 유일한 길이 아닐까. 꽃과 나무를 영혼을 가진 존재로 인식하던 어린 시절의 순수하고 여유로운 마음을 잃어버린 우리네 삶을 생각하면서, 우리에게도 언젠가 꽃의 대답을 듣고 꽃의 문을 열게 되는 날이 오기를 빌어본다. 그 꼬마가 그러했을 것처럼.

아름다운 순간

설에 부모님 산소를 다녀왔다. 산소는 고향 마을의 뒷산 중턱에 있는 밭가에 모셔져 있다. 이곳에서는 마을과 들판이 한눈에 내려다보인다.

대학 시절 어느 여름 방학이었던가. 어머니와 나는 이 밭을 매러 왔었다. 뙤약볕이 내려쬐는 한낮이었다. 어머니는 벌써 두 고랑을 매고 계셨지만, 나는 반 고랑도 매지 못하고 밭둑의 산수유 그늘로 물러나고 말았다. 땀을 식히며 무연히 마을을 내려다보고 있던 그때, 내 시선을 사로잡는 것이 있었다. 마을 입구에 서 있는 아름드리 참나무였다. 그 참나무의 무수한 잎사귀들이 탄력 있는 정오의 햇빛을 받아 물결처럼 끊임없이 반짝이고 있는 것이었다. 그건 마치 낮에 켜둔 신의 등불 같다고 할까. 숲에서 들려오는 무성한 매미소리와 짙푸른 들판과 마을의 하얀 지붕들과 함께, 그 순간은 한없는 평화로움과 아름다움으로 내게 다가왔다. 그때 나는 속으로 다짐했다. 아아, 이 아름다움을 결코 잊지 말자.

살다 보면, 자신에게만 다가오는 내밀한 아름다움의 순간이 있다. 그때도 그런 순간이 아니었는가 싶다. 어머니는 돌아가시어 당신이 매던 그 밭에 묻히셨다. 그 참나무도 잘려나가 목재가 돼버린 지 오래인 이 쓸쓸한 겨울에, 나는 마을을 오래 바라보고 섰다.

아이들은 자란다!

막내 다운이 녀석이 혼자 벡스코에 친구를 만나러 간다고 하자, 아내는 그 전날부터 걱정이 태산이다. 이제 중2에 올라가는 녀석이지만 워낙 야무진 데가 없이 어리숙하기 때문이다. 게다가 길눈이 지독히 어둡고, 한 번 무슨 생각에 빠지면 곧잘 엉뚱한 데로 가기도 한다. 그 주제에, 제 엄마가 차로 데려다 준다고 하자 그건 죽어도 싫단다. 녀석이 출발할 때는 참 가관이었다. 제 에미는 가는 길과 타야 할 버스와 지하철과 내려야 할 역에 대해서 몇 번이고 일러주고, 세세한 당부의 말을 귀가 닳도록 반복해댄다. 그것도 모자라 휴대폰까지 손에 쥐어주고서야 녀석을 놓아주었다. 이건 한양으로 과거길 떠나는 모자의 이별 장면보다 더하다.

저녁에 집 근처 지하철역에 내렸다고 연락한 녀석이 한참을 지나도 오지 않는다. 아내는 베란다 창문에 붙어 서서 하염없이 내다보고 있다. 제법 시간이 지나서야 녀석은 현관문을 들어선다. 지하철역에서 불쌍한 사람에게 버스비를 몽땅 주고 걸어왔다는 것이다. 아내는 또 녀석이 대견해 못 견디는 표정이다. 그러고 보니 녀석이 부쩍 자란 느낌이다.

아이들은 자란다. 그리고 언젠가는 우리의 품 안을 미련 없이 떠날 것이다. 마치 우리가 우리 부모님의 품 안을 너무도 무신경하게 떠나버린 것처럼. 그럴지라도 녀석이 자라는 것은 기쁜 일이다.

음치의 일기

근래 연 사흘 술자리가 있었다. 당연히 사흘 내리 노래방엘 갔다. 술자리는 노래방에서 끝나는 게 이제 너무나 당연시되고 있다. 그만큼 갔으면 지겨워질 법도 하건만, 사람들은 여전히 술만 마시면 줄기차게 노래방을 찾는다. 나 자신도 노래방을 즐겨 찾는 편이다.

그러나 나는 본래 약간 음치이다. 음치 중에서도 박자 관념이 희박한 박치이다. 그걸 난 잘 알고 있다. 그래서 늘 잘 아는 노래만 줄창 불러댄다. 내가 노래를 부를 때면 다른 이들은 대개 술을 마시거나 옆 사람과 잡담을 하며 딴청을 피우기 마련이다. 기분이 썩 좋지가 않다. 그러나 요즘은 반복된 훈련 덕분인지 남들이 노래를 제법 잘한다고 인사치레를 해줄 때가 있다. 그러면 기분이 참 좋아진다.

내가 아는 시인 한 분은 노래 부를 때마다 청중의 열렬한 박수를 받는다. 한데 그는 나보다 더 지독한 음치이다. 노래를 부르는 게 아니라 아예 편곡을 하는 수준이다. 그래도 그는 흥겹게 열심히 노래를 한다. 사람들은 그 흥겨움과 열정에 박수를 보내는 것이리라. 사실 가수도 아닌 바에야 까짓 노래방에서 노래를 못하는 게 대수겠는가, 흥겨우면 그만이지. 그러니 친구들아, 내 노래 부를 때 딴 짓하지 말고 내 노래의 그 열정만이라도 들어다오.

짝사랑

오늘도 우물쭈물하는 사이에 하루가 지났다. 요즘은 세월이 너무 빠르게 흘러가는 듯하다. 세월의 속도는 나이와 정비례한다고 하니 시속 52km쯤 되려나. 일상에 파묻혀 이루어놓은 것 없이 무의미하게 지나가는 시간들이 아깝기도 하다. 그래서인지 가족, 친구, 지인들과 함께했던 특별한 시간들을 자꾸 되돌아보게 된다. 누구를 만난 지 몇 년이 되었고, 누구누구와 어디에 놀러간 지는 몇 달이 되었으며, 누구랑 술 마신 지가 꼭 일주일이 되었구나 하는 생각들 말이다.

이건 오래전 학창시절에 연애하는 기분과 유사하다. 짝사랑하는 여인을 어쩌다 만나고 돌아오면, 그녀를 만난 지 24시간이 지났구나, 48시간이 지났구나 하는 식으로 그 시간을 되돌아보곤 했다. 그리곤 아아, 48시간 전에만 해도 나는 그녀와 함께 있었는데 하고 되뇌이곤 했다. 그건 그만큼 그 만남이 소중해서였을 것이다.

그런 의미로 본다면 나는 요즘 만나는 사람들과 어쩌면

218

연애를 하고 있는지 모른다. 술 한 잔 앞에 놓고 마주하면 괜히 기분이 유쾌해지고 가슴이 그들먹해지는 사람들, 그들과의 만남이 자꾸만 소중하게 여겨지는 요즈음이다. 이 것도 나 혼자만의 짝사랑일까. 헛, 그렇더라도 어떠랴. 짝 사랑은 내 전공인 것을.

청사포에서

오랜만에, 마음 맞는 소설가와 시인 그리고 나, 이렇게 셋이서 부부동반으로 산책길에 나섰다. 송정 뒷산의 약수터까지 등산로를 따라갔다가 산 아랫길을 타고 구덕포를 지나 청사포까지 오는 여정이었다.

1시간 40분 동안의 짧은 산행이었지만, 참 즐거운 산책이었다. 숲 속의 활엽수들은 아직 벌거벗고 있었지만, 길가의 개나리와 진달래는 꽃망울을 잔뜩 부풀어 올려 봄을 준비하고 있었다. 눈이 시린 비췻빛 겨울 바다는 산행 내내 시야에서 떠나지 않으며 발아래에 넓고 평화롭게 누워 있었다. 철길을 건너 이름도 고운 청사포 포구에 닿아 동동주를 마시는데, 시인이 불쑥 말했다.

"형, 좀 더 자주 봐. 우리가 살면서 앞으로 보면 몇 번이나 더 볼 수 있겠어?"

시인 친구의 살가운 정이 듬뿍 느껴지는 말에 속으로 고개를 끄덕이면서도 '아하, 우리 나이가 벌써 이런 걸 생각하는 나이가 돼버렸구나.' 하는 생각이 들었다.

조가비구이집 화덕에 둘러앉아 오래 정담을 나누다 일어섰을 땐 먼 바다를 지나는 선박의 불빛이 깜박이는 초저녁이었다. 땅거미가 내리는 청사포 고갯길을 걸어 오르며 나는 속으로 친구에게 말했다. '그래, 친구야. 봄이 되면 또 아름다운 산행을 가자꾸나. 그건 우리 살아생전의 권리니까.'

초등학교

낯선 길을 지나다가도 오래된 초등학교만 보면 왠지 들어가보고 싶다. 어제도 바람 쐬러 교외로 나갔다가 어느 작은 해변 마을의 초등학교를 그냥 지나치지 못하고 차를 세웠다. 키 낮은 교사와 손바닥만 한 운동장, 운동장 바깥에 자랑스레 서 있는 키 큰 플라타너스, 철봉과 그네, 세종대왕과 이순신 장군의 동상……. 봄방학 중인 교정은 아이들 그림자 하나 없이 고즈넉하게 조용했다.

앞산 언덕배기에 마련된 스탠드에 앉아 학교를 내려다보고 있자니, 이상스레 마음이 차분해지고 편안해졌다. 운동장 가득 평화로운 고요가 내려 있었다. 문득 어린 시절이 생각났다. 교실 뒤에 걸린, 구름을 타고 가는 기차 그림, 오르간 소리, 양초 칠로 반들거리던 마룻바닥, 바닥의 옹이구멍 사이로 들여다보면 보이던 까만 어둠과 그 어둠의 냄새, 철봉에 오래 매달리고 난 뒤 손바닥에 남아 있던 쇳내, 도시락을 까먹으러 올라가곤 하던 앞산에서 만났던 다람쥐들, 탱자나무 울타리에 달린 노오란 탱자

열매…….

지금의 나를 이룬 건 그것들이었을 게다. 세상에 태어나 처음으로 접했던 색깔과 모양과 냄새와 맛, 그것들이 지금의 나를 낳았을 것이다. 그래서 시골 초등학교는 어느 학교나 어머니의 자궁처럼 따뜻하다.

오월에는

오월에는 밤새 맑은 영혼으로 깨어 있어, 저기 함초롬히 다가오는 싱그러운 새벽의 발소리를 듣고 싶다.

도심의 전봇대 위에 가난하게 깃들인 둥지에서나마 푸른 하루의 이마를 여는 새들의 날갯짓 소리, 아파트 베란다의 옹색한 화분에서나마 새로운 꽃잎을 터뜨리는 철쭉꽃의 산고(産苦), 그것들을 숨죽여 듣고 보고 싶다. 그리하여 내 오만한 영혼이 의미 없는 것은 아무것도 없다는 지상의 진리를 경건하게 배웠으면 싶다.

오월에는 등나무 그늘 아래에서 등꽃처럼 피어나는 청춘 남녀의 흐벅진 웃음소리를 듣고 싶다. 그리하여, 언제부턴가 모르게 일상의 잡답(雜沓)에 무디어가는 내 젊은 감성을 불러 일깨워 그 웃음만큼 푸른 영감의 세례를 받고 싶다.

오월에는 온밤 내 편지를 쓰고 싶다. '딸기꽃 피어 향기로운 밤'을 오롯한 불빛 하나 밝히고, 오래 잊었던 얼굴들과 오래 잊었던 기억들을 다시금 푸르게 떠올리고 싶다.

그리하여 내가 이 세상에, 이 우주에 홀로 내던져져 있는 존재가 아니라는 것을 깨닫고 싶다.

오월에는 비 오고 바람 불더라도 아주 멀리 여행을 떠나고 싶다. 쑥부쟁이 꽃잎 빛깔로 갠 하늘 아래, '간밤의 비에 삼단 같은 머리를 감은' 보리 이삭들이 살가운 바람에 탐스런 물결을 자아내는 어느 들판 어귀에서, 젊은 날 내 가슴 깊숙이 묻어두었던 그리운 사랑 하나 만나고 싶다. 그러다 문득 내가 있던 곳으로부터 너무 멀리 떨어져 왔다는 깨달음이 있을라치면 그 먼 길을 허위허위 되돌아오고 싶다. 그리하여 오랜 세월 모르고 살아왔던, 내 이웃에 대한 내 가난한 사랑을 새로운 의미로 깨우치고 싶다.

오월에는 지나치는 모든 아이들에게 눈웃음을 주고 싶다. 온 산에, 온 들판에, 온 하늘에 짙어가는 오월의 신록이 바로 그들 아니랴.

오월에는 경주의 남산을 오르고 싶다. 아직도 무열왕과 문무대왕의 백성들이 흰옷 입고 푸른 골짜기를 서성이는 곳, 순하디순한 눈망울의 산짐승들이 긴 전설의 잠에서 걸어 나와 워어이 워어이 푸르게 우짖는 곳, 그 남산 기슭의 흙이라도 맨발에 묻혀보고, 그 차가운 계곡 물에 내 무딘 얼굴이라도 씻어보고 싶다.

오월에는 저 유채꽃밭에 지천으로 날고 있는 나비 떼를 닮고 싶다. 그리하여 오래도록 발길이 뜸했던 성당엘 가고 싶다. 주일마다, 친구들 계모임으로 인해 늘 뒷전으로 밀려나시던 불쌍하신 우리 하느님, 그 하느님 앞에서 얼굴이나 겨우 가릴 두 손바닥만 한 내 빈곤한 하느님 사랑이 이제는 풍성해지기를 간구하고 싶다. 그리하여, 그리하여 내 천한 영혼이 거듭 태어나고 싶다. 번데기를 깨뜨리고 저 찬란한 영혼의 날개로 날아오르는 오월의 나비들처럼.

감나무 연가

나는 그대 떠난 빈집의 그 깊은 마당가에 선 한 그루 감나무이고 싶다. 낮이면 햇빛에 잎사귀를 반짝이며 먼 산등성이로 넘어가는 구름을 보다가, 밤이면 별을 스치고 불어오는 바람에 조용히 감꽃 몇 개 떨구고 싶다. 새벽이면 간밤에 새로이 우러난 그 맑은 우물물에 내 그림자를 드리우고 고개 숙여 서늘한 명상에 잠기고 싶다.

내 가지에 와 앉은 새들의 노래는 그대 오래 기다리는 나의 위안이다. 내 잎사귀만큼 푸르고 무성한 매미소리는 어떤가. 아, 가만가만히 가지를 타며 울어대는 들고양이도 잊지 말아야지. 나는 그 소리에 날마다 키가 크고 꽃을 피운다.

오늘도 하루 종일 그대 언젠가 자분자분 걸어 넘어올 고갯길을 바라보며, 등 뒤에 흐르는 시간을 전송하겠다. 그리하여 늦은 오후가 당도하면 어디쯤 오고 있을지 모를 그대 가슴을 향해 툭, 하는 소리로 풋감 하나 떨구어 보내겠다. 나의 이 가난한 신호를 그대 우연히라도 주워주기

227

만 한다면.

가을이면 가지가 휘게 달린 나의 찬란한 등황색의 기쁨을 그대 아는가. 나의 기쁨은 언제나 그대의 몫이다. 가장 높은 가지에 신성한 까치밥만 남기고 이 사유의 흐뭇한 열매를 모두 거두어주길. 그리하여 그것이 또 다른 나의 기쁨이 되길.

나는 마당을 들어서는 그대 발자국 소리를 기다리며 여기 오래 서 있겠다. 비가 오고 바람이 불고 나의 잎사귀도 떨어져, 가지가 여위어가는 겨울이 오리라. 어느 춥고 눈 내리는 날, 그대 아궁이를 덥히는 한 아름의 장작으로 쌓여 나는 말없이 그대 빈집을 지키겠다. 그대 아궁이에서 가장 포시라운 불꽃이 되어 너울거리길 꿈꾸며.

그대 마당 한가운데 모닥불을 피워도 좋다. 그리하여 그 불꽃을 저 먼 우주로 보내는 은밀한 모스 부호로 삼아도 좋다. 어쩌면 저 먼 처녀자리의 아름다운 페르세포네가 그대에게 답신을 보낼지도 모를 일이다.

나는 그대 향해 떠나는 강물이 되고 싶다. 저 깊은 골짜기 골짜기에서 흘러나오는 맑은 개울물을 데리고 가슴에 생각하는 고기들을 품고 그대 기다리는 바다를 향해 흘러가는 강물이 되고 싶다. 흐르다 막아서는 둑들도 허물고

228

저 혼자 갇혀 있는 습지도 불러서, 깃발 꽂힌 나루터와 사람들의 잠자는 마을을 지나 쉼 없이 흐르고 싶다.

흐르고 흘러서 그대에게 닿으면 바다의 자궁 속으로 힘차게 밀려들고 싶다. 그때의 내 차갑고 황홀한 오르가즘을 그대 욕해도 좋다. 바다의 자궁 속에서 나는 청동의 거인으로 다시 태어나고 싶다.

나는 한 마리 새가 되고 싶다. 내 안일과 관성의 새장을 찢다가 부리에 붉은 피가 흘러도 저 창공의 자유를 노래하는 새가 되고 싶다. 저물녘엔 그대 창밖에 심어진 후박나무에 깃을 들이고 창문에 비친 그대 실루엣으로 위안을 삼겠다. 그대 어느 날 저녁, 창밖에서 들리는 낯선 새소리를 기억해주길. 그 새소리엔 붉은 생채기가 나 있음을 기억해주길.

나는 길이고 싶다. 언제나 그대에게로 뻗어 있는 길이고 싶다. 그 길 끝에 그대는 눈부신 모시적삼으로 서 있다. 나는 못이고 싶다. 그대 영혼의 모시적삼을 걸어주고 싶다. 나는 산이고 싶고 호수이고 싶고 바위이고 싶고 꽃이고 싶고 안개이고 싶고 바람이고 싶고 구름이고 싶다.

그러나 무엇보다 나는 아무것도 아니고 싶다. 아무것도 아닌 채로 그대에게 공기처럼 가볍게 다가가고 싶다. 아

무엇도 아닌 나를 아무것으로 만드는 것은 그대이다. 사
랑하는 이여, 이 깊은 밤 서로 얼굴 보이지 않는 어둠 속
에서도 나는 향기로 그대를 안다.

순혈(純血)주의 유감

한 어머니가 두 명의 사회자와 함께 초조하게 누군가를
기다리고 있다. 어머니는 자꾸만 터져 나오려는 울음을
주체하기 힘들어 보인다. 사회자들이 그런 어머니를 달래
고 있다. 드디어 길 저편에서 그 어머니의 아들이 모습을
나타낸다. 어머니는 아들을 향해 뛰기 시작하고 그런 어
머니를 발견한 아들도 달리기 시작한다. 두 팔을 벌려 아
들을 껴안는 어머니의 얼굴은 눈물로 흠뻑 젖어 있다. 어
머니도 울고 아들도 울고 두 사회자도 눈물을 훔쳐낸다.

　육십 년대 신파 영화 같은 이 장면은 얼마 전까지 방영
되었던 모 텔레비전 방송 프로그램의 한 장면이다. 어쩔
수 없는 사정에 의해 자식을 버려야 했던 어머니와 그 후
홀트 아동복지회를 통해 해외로 입양된 그 자식들을 서로
만나게 해주는 프로그램이었다. 어머니와 자식이 몇십 년
만에 처음으로 만나는 과정을 극적으로 보여줌으로써 시
청자들의 눈물샘을 자극했던, 꽤 인기가 높았던 프로그램
으로 기억된다.

그러나 이 방송을 즐겨 보면서도 늘 유감스럽게 생각되었던 점은 왜 이 프로그램은 자식을 버린 어머니의 모습만 부각시키고 남의 자식을 입양하여 친자식 못지않게 키워준 그 양부모의 모습을 그리는 데는 인색한가 하는 것이었다. 자식을 버린 어머니의 사정이야 오죽할까마는 그것이 가난 때문이라든지, 특별한 가정사정 탓이든지, 어떤 이유에서든 자식을 버렸다는 것은 엄연한 사실이다. 그것이 아무리 부득이한 사정 때문이라 하더라도 남이 장성하도록 키워놓은 자식을 이제야 찾아 울고불고 하는 것이 딱히 좋아 보이지는 않는다. 오히려 인종을 초월하여 피부색마저 다른 남의 자식을 훌륭히 키워준 그 벽안의 양부모들이 더욱 감동을 준다. 그들의 그 열린 마음과 박애의 정신은 찬사를 받아 마땅할 점이고, 우리가 본받아야할 점이다. 그럼에도 불구하고 이 프로그램은 이러한 감동과 교훈을 놓치고 있는 것 같다.

　자식을 찾아 나선 어머니, 지구를 반 바퀴 도는 대장정 끝에 드디어 이루어진 모자의 상봉, 눈물 없인 볼 수 없는 이산가족의 재회. 이런 장면이 주는 감동은 우리에게 퍽 친숙하게 느껴진다. 시청자들은 이러한 감동을 당연하게 받아들이고 함께 눈물지으며 속으로 박수를 보낸다. 이 프로의 기획의도 또한 이러한 시청자들의 반응을 노렸으리라 생각된다.

그러한 방송의 기획의도와 시청자들의 반응 속에는 우리의 뿌리 깊은 혈연주의적 내지 순혈주의적 감성이 작용하고 있는 듯하다. 우리는 오랫동안 세계 최고의 단일 민족임을 자랑스럽게 생각하고 핏줄 찾기를 소중하게 생각해왔다. 그런 생각이 틀렸다는 이야기가 아니라 그것이 야기하는 부정적인 결과들을 고려하지 않는다는 게 문제라는 것이다. 우리의 순혈주의 정신은 입양을 기피하는 현상으로까지 이어진다. 남의 핏줄을 가족으로 받아들이기를 극도로 꺼려하게 되는 것이다. 그 결과 국내 입양 실적은 저조할 수밖에 없고 우리나라는 아직도 세계 최대의 고아 수출국이란 오명을 벗지 못하고 있다.

순혈주의는 또한 혼혈에 대한 멸시와 혐오를 동반하기도 한다. 혼혈인들이 우리 사회에서 어떻게 대접받아 왔는가를 살펴보면 그 점은 자명해진다. 그들은 어린 시절부터 우리 사회로부터 냉대를 받아왔다. 학교에서는 소위 왕따를 당하기 일쑤였으며, 졸업 후에도 올바른 직업을 갖지 못해 우리 사회 주변을 떠도는 국외자로 소외되어왔다.

한국계 흑인 혼혈이자 미국 미식풋볼의 영웅인 하인스 워드가 방한을 했을 때 온통 난리를 쳐댄 언론을 비롯한 우리 사회를 보면서 나는 좀 가증스럽다는 느낌이 들었다. 언제부터 우리 사회가 혼혈인에 대해서 이토록 열광했는가. 워드가 만약 국내에서 성장했다면 그는 지금의 반의 반 정도라도 성공할 수 있었을까.

보건복지부에서는 매년 5월 11일을 입양의 날로 정해 관련 행사를 가진다. 뒤늦게나마 우리 사회가 순혈주의의 폐해를 불식하고자 나선 듯하여 반가운 마음이다. 세계는 변하고 있다. 우리의 순혈주의도 시대의 흐름에 맞게 변화해야 한다. 보다 열린 마음으로 세계를 바라보는 시각이 필요한 때인 것 같다.

장자산을 오르며

작년 6월에 아내와 친구 부부와 함께 장자산 등산을 나섰다. 남구로 이사 온 지 2년이 넘었지만, 처음 가보는 길이었다. 워낙 게으른 탓에 차동차로 휭하니 이기대 일주도로를 돌아 바다만 잠깐 보고 오곤 했는데, 아내의 압력성 권유에 못 이겨 어쩔 수 없이 따라나선 산행이었다.

섶자리에서 출발하여 바다를 옆구리에 끼고 호기롭게 산을 오르기 시작했지만, 비탈길 중간쯤에서 벌써 숨이 차올랐다. 그런 꼴을 본 아내가 평소 운동은 하지 않고 술만 줄곧 퍼마시는 내 습관을 타박해댔다. 그래도 참 할 말이 없는 노릇이었다.

절벽에 아슬아슬하게 붙어 있는 조그만 암자를 구경하고 뒤편 산 정상에 올랐을 때, 눈앞에 펼쳐진 풍광에 나는 적이 감탄을 하지 않을 수 없었다. 한눈 가득 달려오는 옥빛 바다가 희게 빛나는 광안대교와, 누리마루를 안고 있는 동백섬, 건너편 장산의 웅장함이 함께 엮어내는 풍경은 나를 더욱 더 침묵하게 만들었다. 내가 사는 곳 가까이에, 그것도 잠깐의 산행으로 만날 수 있는 이런 절경이 있었다니! 이런 절경이 있는지도 모르고 바쁘다는 핑계로 아예 와볼 생각도 하지 않았던 나의 무관심에 대한 아내의 지청구도 백번 옳은 일이었다.

산을 내려오다 길 옆 풀숲에 숨어 있는 산딸기와 뽕나무 열매 오디를 발견하는 행운도 누렸다. 우리는 입술이 시퍼렇게 물드는 줄도 모르고 오디를 따 먹었다. 오디의 그 푸른 맛, 그건 얼마 만에 먹어보는 맛이냐. 어렸을 때, 남의 뽕밭에 숨어들어 가 따 먹던 그 달콤 시원한 맛이 새록새록 되살아났다.

도로를 건너 본격적으로 장자산을 오르다 만났던 작고 예쁜 풀꽃들에 친구의 아내는 반색을 하며 사진기 셔터를 눌러댔다. 그녀는 그 꽃들의 이름을 하나하나 가르쳐주며 설명을 곁들여주었는데, 정작 나는 그 꽃의 아름다움보다 그 이름을 다 기억하고 있는 사람도 있다는 사실이 더 경이로운 마음이었다.

장자산 정상에서의 조망은 또 다른 눈맛을 선사했다. 앞으로는 태평양이 끝 간 데 없이 펼쳐져 있고, 뒤로는 황령산이 우뚝 서 있고, 옆으로는 신선대와 조도와 영도와 부산항의 풍경이 정물처럼 다가왔다. 거기다 불어오는 바닷바람은 오랜만에 가슴을 툭 트이게 하기에 충분했다.

용호시장 쪽으로 내려오는 하산 길에는 작고 아담한 절이 자리 잡고 있었다. 절 마당 어귀에 무리 지어 피어 있는 금강초롱 앞에서 아내는 오래도록 앉아 있었다. 아내가 흔들어보는 초롱꽃에서는 작고 앙증맞은 종소리가 났다. 친구 부부는 법당 앞에 흐드러지게 피어 있는 함박꽃 앞에서 사진을 찍느라 정신이 없었다.

우리가 사는 부산 남구는 바다와 산이 어우러져 천혜의 자연 경관을 자랑하는 고장이다. 도심 가까이에 이만한 자연 조건을 갖춘 곳이 어디 흔하랴. 그러나 자연 경관이 아무리 뛰어나다 하더라도, 또한 그것이 아무리 우리 가까이 있다 하더라도, 우리가 찬찬히 보고 느끼지 않는다면 그것은 아무 의미가 없는 것이다.

차를 타고 일주도로를 휘하고 한 바퀴 돌아보기만 한다면, 우리는 아마 풀숲에 숨어 있는 딸기와 오디와 잡초 사이에 있는 듯 없는 듯 피어 있는 풀꽃의 아름다움을 볼 수도, 느낄 수도 없을 것이다. 암자와 산사의 호젓함과, 금강초롱의 기품과 함박꽃의 난만함을 만날 수 없는 것이다.

그 아름다움을 만나기 위해서는 차에서 내려야 한다.

그리고 마음 맞는 친구와 천천히 걸어야 한다. 마음이 여유로워질 때, 그제야 비로소 아름다운 것들이 눈에 들어오는 것이다. 이 세상에 아무 대가를 요구하지 않으면서 진정으로 아름다운 것들이 얼마나 많은지를 우리는 모르고 살아가고 있는 게 아닐까.

느림과 여유, 그것은 부드럽고 우아하고 배려 깊은 삶의 방식일지도 모른다. 세상은 갈수록 빠르게 돌아간다. 우리는 아무런 이유도 없이 그런 세상을 따라 허둥지둥 살아가고 있지는 않을까.

올해에는 가끔씩 차에서 내려 산길을 걸어보는 마음의 여유를 가져보기를 나 자신에게 당부하고 싶다. 그러면 우리 사는 이곳이 얼마나 아름다운 고장이며, 주위의 사람들이 얼마나 아름다운 사람들임을 알게 되지 않을까.

남강 다리의 추억

강은 들판을 적셔 풍족하게 하지만 또한 강은 이쪽과 저쪽을 단절시켜 고립시키는 역할도 한다. 그래서 인간은 늘 그 단절과 고립을 넘어서 이쪽과 저쪽을 소통시키고자 하는 욕망을 가져왔다. 그 소통의 수단으로 나루와 배가 생겼고, 나아가 다리가 생겼다.

　내가 유년 시절을 보냈던 진주에 가면 '배다리', '배 건너'라는 말이 아직도 쓰이고 있다. '배다리'는 배를 다리의 교각 대신으로 삼고 그 위에 상판을 얹은 임시 다리를 뜻한다. 1920년대에 남강에 만들어졌다가 몇 년 후에 '남강다리'가 생겨 없어진 다리이지만, 80년이 지난 지금에도 '배다리'는 진주 사람에게 친숙한 단어이다. '배 건너'는 그 배다리를 건넌 저쪽 편을 의미한다. 진주 사람들은 지금도 강 건너 저편을 서로 '배 건너'라고 지칭한다. '강 건너'도 아니고 '다리 건너'도 아닌 '배 건너'라는 말은 언제 들어도 아련한 유년의 추억과 함께 곰살가운 정감을 떠올리게 한다.

나는 중학교 삼 년 동안을 꼬박 남강다리를 통해 '배 건너'를 건너다녔다. 봉래동에 있는 집에서 학교가 있는 칠암동까지 걸어 다녀야 했기 때문이다. 마이크로 시내버스가 있긴 했지만 버스를 탄 기억은 별로 없다. 십 리 가까이 되는 그 길을 그 무거운 가방을 들고 내내 걸어 다녔던 것 같다. 공휴일을 제외하곤 나는 꼭 하루에 두 번씩 남강다리를 건너다녔던 셈이다. 다리란 말을 들으면 언제나 자동적으로 그때의 남강다리의 이미지를 떠올리게 된 것은 그런 덕분일 것이다. 그때 함께 남강다리를 건너다녔던 친구들의 이름을 지금도 나는 기억하고 있다. 그것은 남강다리가 내 유년의 기억 속에 아주 튼튼한 교각을 내리고 있기 때문일 것이다.

등하굣길은 힘들었다. 그 길은 진주 시내 이쪽 끝에서 배 건너 저쪽 끝까지를 관통해야 하는 먼 길이었다. 그런데도 우리들은 고집스레 그 길을 걸어 다녔다. 버스를 타면 몇 분 걸리지도 않았고, 차비가 없는 것도 아니었지만, 우리는 기꺼이 그 힘든 길을 걸어 다녔다. 지금 생각해보면 그것은 아마도 남강다리를 걸어서 건너는 매력 때문이었던 것 같다. 시내 길을 빠져나와 다리 입구에 이르면 우리의 발걸음은 자연스레 느려졌다. 시야가 갑자기 탁 트이고 시원한 강바람이 불어왔다. 난간에서 아래를 내려다 보면 강 밑바닥의 모래가 들여다보일 정도로 맑은 강물이 유유히 흘러가고 있었다. 강물을 거슬러 오르는 피라미들이 보일 지경이었다.

"저게 뭐야? 저게 뭐야?"

장난기가 발동한 우리는 난간 아래 강물을 내려다보면서 굉장한 걸 본 것처럼 소리를 질렀다. 그러면 지나가던 사람들 모두 우리가 모여서 있는 난간 쪽으로 우르르 몰려들었다. 건너편 보도를 걷던 어른들까지 차도를 위험스레 건너서 달려왔다. 모여드는 사람들을 보고 더 많은 사람들이 몰려들기도 했다. 나중에는 다리를 건너던 모든 사람들이 우리가 있는 난간 쪽으로 몰려와 무슨 일인가 하고 다리 아래를 호기심 어린 눈빛으로 살펴보곤 했다. 그때쯤이면 우리들은 사람들 사이를 빠져나와 몰려든 사람들을 바라보며 키득거렸다. 난간 아래엔 늘 그대로 강물이 흘러 갈 뿐, 아무 일도 없었기 때문이었다.

친구들과 작당을 하여 사람들을 바보로 만드는 그런 장난질도 좋았지만, 내가 정말 좋아한 것은 혼자서 다리를 건너는 일이었다. 특히 토요일 오후 호젓하게 혼자서 다리를 건널 때 종종 다리 한가운데 난간에 기대서서 강물

241

의 상류와 진주성과 촉석루 바라보기를 나는 좋아했다. 오월의 햇살이라도 비칠라치면 소리 없이 흘러가는 강 물결은 은어 비늘처럼 반짝였다. 성터 숲은 신록으로 물들어가고 잎사귀들은 가벼운 바람에 일제히 몸을 뒤척였다. 그 숲 사이로, 날아갈 듯 솟아 있는 촉석루의 처마는 고운 한복 차림을 한 여인네의 어깨선을 닮아 있었다. 그 숲과 촉석루가 푸른 강물 위에 거꾸로 음영을 드리우고 있는 풍경, 햇빛과 강물과 숲과 누각이 자아내는 그 아름다운 구도는 나를 행복하게 했다. 내가 살아 있어 그 풍경을 바라볼 수 있다는 사실이 무척 행복하게 느껴졌다. 아름다운 것은 사람을 행복하게 만든다는 사실을 나는 그때 처음으로 깨달았는지도 모른다.

나는 '강낭콩 꽃보다도 더 푸른 그 물결 위에 양귀비꽃보다도 더 붉은 그 마음 흘러라'라고 노래한 변영로의 시를 누구보다 사랑한다. 그것은 그때 내가 다리 위에서 진주성을 바라보며 곧잘 읊조렸던 시였을 뿐만 아니라, 그 시의 궁극적 의미는 차치하고서라도 그 구절이 그 풍경의 아름다움을 가장 잘 표현해주고 있는 듯해서이기도 하다. 그 시를 속으로 읊조릴 때면 나는 시인이 되고 싶었다. 그래서 그 풍경이 가져다주는 행복감을 표현한답시고 되지도 않은 시를 몇 편 끄적거렸던 기억도 있다.

　그 아름다운 풍광을 바라보며 나는 많은 생각에 잠겼던 것 같다. 강과 숲과 햇빛에 대해서, 아름다움에 대해서, 그리고 그것을 느끼는 나 자신과 인간에 대해서. 실상 나는 공부나 책에서보다 더 많은 것을 그때 그 풍경에서 배웠는지도 모른다. 헤르만 헤세의 성장소설에 빠져든 것도 그즈음의 일인 것 같다. 『수레바퀴 아래서』와 『데미안』을 성서처럼 끼고 살았다. 나 자신이 한스가 된 것도 같고 데미안이 된 것도 같았다. 나는 그렇게 남강다리를 건너다니며 문학적 감수성을 키웠는지도 모른다. 고등학교 시절에 부모님의 걱정과 질책에도 불구하고 공부보다 문학과 예술에 더 심취하게 된 것도 따지고 보면 그 출발점이 바로 남강다리가 아니었는가 싶다.

　강은 흔히 고을과 고을을 나누어 그 경계를 이룬다. 또한 강은 사람과 사람을 나누어 이별하게 한다. 동서고금을 막론하고 나루에서의 이별을 슬퍼하는 노래와 시가 많은 것은 그 때문일 것이다. 우리의 고대가요 「공무도하가」나 고려가요 「서경별곡」, 정지상의 한시 「송인」 등도 강에서의 이별을 노래하고 있다. 하다못해 유행가 '눈물 젖은 두만강'도 떠나는 임을 목 놓아 부르고 있지 않은가.

강은 또한 차안과 피안, 삶과 죽음을 나누는 경계이기도 하다. 기억과 망각 사이를 흐르는 레테강과 이승과 저승 사이를 흐르는 요단강이 그러하다. 강이 이처럼 인간과 인간 사이를 나누는 것이라면, 그 강기슭에 서서 서로의 '배 건너'를 바라보며 그리워하는 것은 인간의 몫이다. 인간은 강물 속에서 떠나간 연인을 그리워하고 잃어버린 과거를 그리워하고 죽음의 세계로 떠나버린 지인을 그리워한다. 그리움은 만남과 소통을 소망한다. 그 소망을 성취하기 위한 수단으로 사람들은 강 위에 다리를 놓는다. 그래서 다리는 고을과 고을을 이어주고 견우와 직녀를 만나게 하고, 세상의 아름다움과 어린 중학생을 만나게 해준다. 자아와 타자, 자아와 세계를 소통시킨다. 또한 그것은 차안과 피안을 만나게 하여 인간을 초월케 하기도 한다. 우리의 삶에 더 많은 다리들이 생겨 보다 풍성한 만남과 공감이 생겨난다면 우리 삶도 살아볼 만한 것이 되지 않을까.

오랜만에, 실로 오랜만에 남강다리를 걸어서 건넌다. 이제 남강다리는 현대식으로 고쳐져 옛 모습을 잃었다. 새로운 다리가 아무리 날렵하고 우아하고 세련된 모습으로 서 있다 하더라도 나는 여전히 내 중학교 시절의 남강다리를 사랑한다. 좁은 보도와 낮은 난간을 가진 그 오래된 다리, 내 마음속의 다리는 바로 그 다리이기 때문이다. 그러나 다시 생각하자. 지금 이 다리가 있으므로 나는 옛날의 다리를 만날 수 있고 내 어린 시절과 만날 수 있다. 다리는 또한 과거와 현재를 만나게 해준다. 그래서 다리이다.

다리 밑 하천 부지에서 논개의 쌍가락지를 형상해 얹은 교각을 바라보며, 나는 내 삶에서 어떤 다리들을 놓아왔는지 생각해본다. 나는 몇 개의 다리를 얼마나 튼튼하게 놓았을까. 그 다리의 끝에 있는 사람과 세상은 누구이며 무엇일까. 저 피안에 이르는 다리는 없을까.

오늘도 난 '사랑방'에 간다

우리 동네, 그러니까 사직동 야구장 근처에 가면 '사랑방'이란 조그만 카페가 하나 있다. 미남교차로 방면에서 버스노선을 따라 오다가 쌍용예가아파트 입구 사거리에서 야구장 쪽으로 좌회전 하자마자 오른쪽을 바라보면 이 층에 있는 집이다. 카페라곤 하지만 최신식의 깔끔한 실내를 기대했다간 적잖이 실망할 수도 있다. 이 층으로 통하는 계단은 낡았고 출입문 또한 오래됐다. 문을 열고 들어서면 크지도 작지도 않은 규모의 실내가 나타난다. 소파며 벽지, 탁자까지 모든 인테리어가 손을 본 지 오래되었다는 것을 단박에 알아차릴 수 있다. 독특한 개성을 지닌 인테리어를 선호하는 요즘 젊은이가 멋모르고 들어섰다가는 금방 돌아나가고 싶을지도 모른다. 그러나 정말 돌아서 나온다면 좋은 카페 하나를 놓치는 우를 범하게 될터이다.

출입문 옆에는 스탠드가 벽 길이에 맞춰 길게 설치되어 있다. 벽면엔 검정색 테두리의 거울을 배경으로 장식장이

걸려 있는데, 술병과 와인 잔들이 꽃들과 함께 가지런히 진열되어 있어 제법 카페 분위기를 연출하고 있다.

게다가 핀 조명이 집중적으로 비추고 있어 이 집에서 가장 빛나 보이는 것이라면 단연 이 장식장일 것이다. 말하자면 중앙 벽면의 장식장은 그나마 이 집의 분위기를 살리면서 얼굴 노릇을 하고 있는 셈이다.

아니, 그건 잘못된 표현이다. 이 집에서 가장 빛나는 존재, 이 집의 얼굴은 따로 있다. 출입문 쪽 스탠드 너머를 돌아보면 거기, 늙지도 젊지도 않은 오십 중반의 여인이 빛나는 얼굴을 하고 앉아 있을 것이다. 그녀가 바로 이 카페의 마담이며 '사랑방'의 방주인 정영임 여사이다. 그녀를 빼고는 이 카페의 분위기를 함부로 논할 수 없다. 그녀는 호들갑스럽지도 무덤덤하지도 않은 꼭 고만한 반가움으로 손님을 맞이한다.

그녀의 풍채는 처음 보는 이에게마저 예사롭지 않은 삶의 내공을 느끼게 할 것이다. 젊었을 적엔 사내들 꽤나 울렸음직한 미모의 흔적이 아직도 고스란히 남아 있는 얼굴에는 33%의 쾌활함과, 21%의 교양미와, 17%의 애수와, 13%의 일상성과, 7%의 권태와, 5%의 교태가 조화롭게 섞여 있다. 교태가 가장 적게 함유되어 있는 점은 무척 고

무적인 사실이지만, '아네모네' 마담과 같은 신비감을 거의 찾아볼 수 없다는 것은 대단히 아쉬운 점이 아닐 수 없다. 자고로 여인에게는 정체를 알 수 없는 신비감이 풍겨야 매력을 더하는 법이거늘. 아니, 이것도 잘못된 표현 같다. 이 느낌의 수치는 순전히 필자의 주관적인 것에 불과하므로 무시해도 좋다. 하긴 뭐, 이십 년이 넘도록 이 집을 드나들며 무람없이 대해온 그녀에게서 신비감을 찾는다는 자체가 이상할 법하다.

카페 '사랑방'과 나의 인연은 무려 25년 전으로 거슬러 올라간다. 이 집이 여기 이 층으로 이사 오기 전, 일 층에서 조그만 가게로 영업하던 시기를 포함해서이다. 총각 시절에 처음 알게 된 이후 오십 초반에 이른 지금까지, 참 줄기차게 드나들었다. 그래서 나는 가끔 방주에게 이런 농담을 한다.

"생각해보면 말이죠. 내 청춘을 이 집에서 다 보낸 것 같거든요. 아, 억울해. 내 청춘 돌리도."

그런 나의 억지에 그녀는 눈도 꿈쩍하지 않고 이렇게 맞받아친다.

"흥, 정 선생만 여기 청춘 다 바쳤나요? 나도 청춘 다 바쳤거든. 내 청춘은 우짤 낀데?"

248

하긴 뭐, 제 좋아서 술 처마시고 제 생업 하느라 보낸 청춘을 피차 돌려주고 말고 할 것도 없다. 하지만 그게 서로가 함께 공유한 기억을 반추하는 방식임을 방주나 나나 알고 있다.

방주를 처음 본 게 그녀의 나이 서른 초반쯤이었으리라. 그땐 키가 크고 늘씬한 미모를 자랑하던 그녀였고 보면, 뭇 주당들의 인기를 한 몸에 받았던 것은 말할 것도 없다. 그러나 세월은 무심하게 흘러 그녀를 전형적인 아줌마로 만들어버렸으니, 참 격세지감을 절감하지 않을 수 없다.

25년 동안 이 집을 드나들면서 사연도 많았다. 지금도 그렇지만, 젊은 시절엔 이 집이 글쟁이들의 아지트 노릇을 톡톡히 했다. 글쟁이들은 시내에서 거나하게 한잔 걸치고는 약속이나 한 듯이 이 집으로 우르르 몰려들기 일쑤였다. 그러고는 지척에 사는 나를 어김없이 불러내는 것이었다. 나가지 않으면 인간성이 안 좋다느니, 사람이 그러는 게 아니라느니 해가며 온갖 지청구를 다하다가 기어이 내 집으로 곧잘 쳐들어왔으므로 안 나갈 수도 없는 노릇이었다. 그것도 하루이틀이지 허구헌날 인간성 테스트를 해대니 사람이 못 견딜 지경이었다. 이렇게 말하면 당시의 모주꾼들은 입에 거품을 물고 격렬히 반박을 해댈지도 모르겠다. 술꾼들을 모아서 '사랑방'으로 몰고 가는데 늘 앞장 선 게 바로 너 아니었느냐고. 글쎄, 그랬나? 그런 건 좀 잊어라. 인간들아.

나는 이 카페를 거쳐간 종업원 아가씨의 계보를 훤히 꿰고 있다. 손님들이 이십 년, 십 년씩 된 단골인데다 다들 점잖고 교양이 있어 그런지 이 집에 일하러 온 아가씨들은 대체로 오래 근무하는 편이었다. 그중에 특히 수경이란 아가씨가 기억에 남는다. 나와 함께 이 집의 못 말리는 단골이었던 대학 선배의 제자이기도 했던 수경은 무척이나 싹싹하고 밝은 성격이었다. 손님들의 짓궂은 농담도 재치 있게 받아넘기며 늘 생글생글 웃는 얼굴을 하고 있었다.

어느 겨울밤이었던가. 그 선배와 나, 그리고 또 다른 주당인 내 친구 문학평론가 나부랭이 하나, 이렇게 셋이 밤 늦게까지 술잔을 돌리고 있는데, 수경이 창밖을 내다보더니 환성을 터뜨렸다.

"어머, 어머. 눈 와요, 눈."

우리는 너나없이 창가로 달려갔는데 정말이었다. 창밖엔 부산에서는 보기 힘든 함박눈이 펑펑 내리고 있지 않은가. 눈에 들뜬 우리와 수경, 그리고 방주는 당장 카페 문을 닫고 거리로 나섰다. 차량이 없는 거리엔 소담스런 눈송이들이 지천으로 흩날리고 있었다. 우리는 어두운 거리에서 노래를 부르고 눈싸움을 하고 소리 높여 웃으며 어린애들처럼 뛰어다녔다. 그땐 참 젊었었다.

수경이 일을 그만두고 얼마 후 결혼을 하였다는 소문을 들은 게 언제였던가. 그리고 최근에 큰 교통사고를 당해 휠체어에 의지하고 있다는 안타까운 소식을 방주로부터 전해 들었다. 그 착하고 밝기만한 수경에게 이 무슨 액운이란 말인가. 나는 진정으로 가슴이 아팠다. 삶은 참으로 공평하지 않다.

지독한 모주꾼인 내 친구 평론가 나부랭이도 참 줄기차게 이 집을 드나든 마니아 중에 하나다. 어쩌다 손님이 뜸한 날이면 그 친구와 방주, 나 이렇게 셋이 술잔을 기울일 때가 있는데, 이 싱거운 친구는 슬슬 농지거리를 시작한다. 방주가 나보다 자기를 더 좋아하는 것 같다나. 참말 가당치도 않은 소리다. 나는 비웃음을 아끼지 않으며, "영임이는 날 좋아해." 하고 호기를 부려본다. 둘의 치기 어린 승강이가 시작되면, 방주는 얼굴 가득 웃음을 띠고 한마디 한다.

"누님한테 이 무슨 경우야 그래. 둘 다 내 스타일 아니니까, 마 치아라."

나는 종종 퇴근길에 혼자 '사랑방'에 들러 내 지정석으로 정해놓은 자리에 앉아 맥주 두어 병을 시킨다. 맥주를 마셔가며 지인들에게 전화도 하고 글도 쓰고 공상을 하기도 한다. 여기에 오면 이상하게 마음이 편안해진다. 방주도 그런 나를 되도록이면 방해하지 않는다. 나는 그런 시간이 좋다. 손님이 없으면 가끔씩 방주와 둘이 술잔을 기울일 때도 있다. 그녀는 자신의 개인사 털어놓기를 즐겨하지 않지만, 어느 땐 제법 속내를 내비치기도 한다. 준교사 시험에 합격해 초등학교에서 아이들을 가르치던 처녀적 이야기, 스물 초반에 결혼해서 서른 초반에 남편과 사별한 이야기, 레코드 가게를 하다가 어려움을 당한 이야기며, 시동생이 하던 가게를 인수해 오늘날의 '사랑방'을 키운 이야기, 홀몸으로 아이들 키우느라 받았던 설움 등. 처음 카페를 시작했을 땐 부끄러워서 손님 앞에 나서지도 못했다는 이야기를 하며 그녀의 목소리는 점차 애조를 띠기 시작한다.

"지금 생각해보면 참 감사할 일이지요. 이 업을 하면서 참 좋은 사람들을 많이 만났고, 또 이걸 생업으로 아이 둘

키워내서 이젠 손자, 손녀까지 봤으니 더 바랄 게 없지요. 내가 신랑 복은 없지만 인복은 있는 것 같아요."

그녀의 두 눈에 얼핏 물기가 어리는 것 같다.

거리엔 무수한 간판들이 명멸하고 무수한 직종의 가게가 즐비하지만, 이 카페처럼 오랜 세월 동안 한자리에서 언제나 그저 고만한 표정으로 터를 지키고 있는 곳이 어디 쉬운가. 자고 나면 주인이 바뀌고 간판이 바뀌는 초스피드적인 변화의 시대가 아닌가.

오래된 것은 버려지고 새로운 것만이 가치를 인정받는 시대를 우리는 살고 있다. 깔끔하고 새로운, 시대의 변화를 재빨리 따라가는 첨단 카페가 오늘도 여기저기 생겨나고 있다. 그러나 새로운 것은 언제나 멀고 차갑다. 그것은 낯설고 생경하다. 어느 날 문득 비 오고 바람 불 때 찾아가 마음 편히 술 한 잔 기울이고 싶은 카페가 드문 세상이다. 그것은 삶의 무게로 힘겨워하는 서로의 얼굴을 건너다보며 가끔씩 짠한 마음으로 술잔 기울이는 오랜 친구처럼, 인생에 하나의 위안이 되어주는 존재이기도 하다.

장소란 것은 기하학적이거나 물리적인 공간만을 뜻하는 것이 아니다. 그것은 거기에 접하였던 많은 인간의 추억과 감수성이 함께 녹아 있는 유기체 같은 것이다. 추억과 감수성마저 이익을 좇아 쉽게들 버리는 세태 속에 카페 '사랑방'은 나에게 하나의 의미체로 다가온다.

나는 오늘도 '사랑방'엘 간다. 같이 늙어가는 마담의 눈동자를 보며 내가 건너온 젊은 날의 흔적을 반추하며 또 앞으로 살아갈 날을 꿈꾸기 위해, 아니면 내 좋은 사람들과 또 싸우고 웃고 떠들고 사랑하기 위해.

아들아, 보아라

공부하느라 마음고생이 심할 줄로 안다. 그리고 지금 내 가슴에 가득 찬 분노 때문에 공부에 방해받고 있으리라는 것도 안다. 네가 아무리 분노로 벗어나려 애써보지만 한 번 그 감정에 빠져들면 쉽게 벗어나지 못하고 점점 증폭되다가 마침내 참을 수 없을 지경으로 부글부글 끓어오르게 된다는 것도 안다.

그 감정이 네게는 나름대로 중요하고 심각한 것일 게다. 중학교 때부터 받았던 공부에 대한 강박감, 행복하지 못했다는 감정, 다른 아이와 비교해서 단조로운 생활 경험 등등이 너를 억눌러 더욱 의기소침하게 하고 자신감을 잃게 했으리라 짐작된다.

그러나 아들아, 네 분노의 뿌리를 찬찬히 다시 들여다보거라. 엄마가 학원 수강을 강요하거나, 그로 인해 다른 아이들처럼 해외여행 한번 다녀오지 못하였거나, 다양한 경험을 체험해볼 기회가 주어지지 않았다거나, 또는 엄마가 네 가방을 뒤졌거나 오로지 공부하란 잔소리밖에 하지 않았다거나, 네가 힘들어하는 것에 대해 아빠가 무관심했다거나 하는 그런 이유들이 지금 네 분노의 뿌리를 이루고 있을 것이다.

그게 그동안 네게는 얼마나 큰 마음의 상처가 되었는지를 엄마, 아빠는 잘 모르고 있었구나. 그 점에 대해서는 엄마, 아빠 모두 깊이 반성하고 있고 미안해하고 있다. 다만 변명을 하자면, 네가 남달리 영민한 아이였기 때문에 네게 많은 기대를 하다 보니 엄마나 아빠가 욕심을 부렸다고도 할 수 있다. 그리고 그건 또한 네 미래가 보다 나은 환경 속에서 행복해지기를 바라는 대한민국 모든 부모의 평균적인 바람의 표현이기도 했을 것이다.

네가 부자도 아니고 특별한 사회적 지위도 없는 부모 밑에서 자라서 네가 사회에 나가 나름대로 네 뜻을 펼치고 살 수 있는 방법은 네가 공부를 잘해서 좋은 대학을 나오는 것이 유일한 방법이라고 엄마, 아빠는 생각했구나. 그러한 기대와 바람이 네 행복을 가로막을 줄은 미처 생각하지 못한 어리석음을 저질렀구나. 미안하다, 아들아.

그러나 그런 어리석음의 출발은 언제나 네가 행복해지기를 바라는 마음이었다는 걸 알아주었으면 좋겠구나. 세상 어느 부모가 자식의 행복을 빌지 않겠느냐. 엄마, 아빠도 마찬가지란다. 예나 지금이나 앞으로도 엄마, 아빠는 네가 행복해지기를 빈다.

그러나 너는 지금 큰 불행에 빠져 있는 듯하구나. 네가 마음의 병을 하루바삐 벗어나서 행복감을 되찾게 하는 것이 또한 엄마, 아빠의 책임이기도 하다. 우리는 네가 마음의 병을 이겨내고 여느 아이들처럼 건강해지도록 하기 위해 모든 노력을 다 동원할 생각이다. 그게 쉬울 거라곤 생각하지 않는다. 그러나 엄마, 아빠는 어떤 어려움이 있더라도 노력을 멈추지 않을 것이고 포기하지 않을 것이다. 너도 스스로에 대해 쉽게 포기하지 말아라.

너는 늘 우리들의 자랑스런 아들이었다. 잘생기고 두뇌가 명석한 네가 엄마, 아빠는 늘 자랑스러웠다. 그건 엄마, 아빠가 이 세상을 떠날 때까지 그럴 것이다.

스스로 열등하다고 생각하지 말아라. 네가 열등하다고 느낄 이유를 엄마, 아빠는 아무리 생각해도 찾을 수가 없구나. 지금껏 네가 보고 듣고 느낀 세상은 이 세상의 십 퍼센트도 되지 않는다. 네가 모르는 구십 퍼센트의 세상이 너를 기다리고 있다. 너를 기다리는 세상에서 네가 어떤 가능성을 발휘할지는 아무도 모른다. 지나간 십 퍼센트에 집착하지 말길 간곡하게 당부한다. 구십 퍼센트에서 살아갈 네 모습을 상상해라. 얼마나 매력적인 일들이, 너의 열정을 두들겨 일깨울 얼마나 많은 매혹적인 꿈들이 네 앞에 다가올지를 생각해라. 실제로 그러하다. 네 앞에는 네가 지금 생각할 수 없는 많은 행복한 일들이 너를 기다리고 있다. 십 퍼센트는 이미 지나갔고 구십 퍼센트는 앞으로 내게 올 현실이다. 부디 이 점을 잊지 말고 현명한 현실 감각을 잃지 않기를 바란다.

사랑하는 아들아.

저번에도 이야기했다시피 네가 지금 겪고 있는 아픔은 영원한 것이 아니다. 그것은 감기와 같이 지나가는 병일 수도 있다. 한참을 지난 후에는 웃으면서 이야기할 수 있는 무엇일 수도 있다. 걷잡을 수 없이 절망감이 밀려오거든 그 절망감에 휘말려들지 말고 싸우려 노력해라. 엄마, 아빠도 네가 그 감정과의 싸움에 이길 수 있도록 최대한 도와줄 것이다. 의사선생님이 처방한 약도 밤 11시에 맞춰 꼭 복용하도록 해라. 시간을 지켜서 야참 후에 꼭 먹어라. 아침에 먹으면 졸린다고 하니 유의하거라. 병을 이기기 위해선 본인의 노력과 의지가 무엇보다 중요하다. 효과가 없다고 빠뜨리지 말고 먹어보아라. 네 걷잡을 수 없이 끓어오르는 분노감을 누그러뜨려줄 것이다. 분노감에 네 영혼이 지배당하지 않도록 마음을 다잡아라. 그게 중요하다.

그러나 그런 네 노력에도 불구하고 정말 힘들다면 그냥 내려오너라. 공부는 다음에도 할 수 있다. 지금 정말 중요한 것은 공부가 아니라, 네 삶과 네 마음의 평온이다. 내려와서 우울증 치료를 받아보자. 치료를 잘한다는 병원도 알아두었으니 아무 염려 말아라. 여행도 하고 평소 네가 하고 싶은 것도 하면서 치료한다면 금방 좋아지리라 믿는다. 네가 공부를 계속하든 내려오든 어떤 선택을 하더라도 우리는 네 선택을 존중하겠다.

이번 토요일에 학원에 갈 예정이다. 그때까지 잘 생각해보고 네가 스스로 결정하도록 해라. 엄마가 무척 힘들어하고 있다. 몸도 좋지 않아 병원에 계속 다니고 있다. 매일 울면서 널 위해 기도하고 있단다.

그런 모든 것에도 상관없이 엄마, 아빠는 언제나 널 사랑한다. 너는 언제나 우리의 자랑스런 아들이다. 그 점을 잊지 말아라.

사랑한다. 다운아. 힘내거라. 아빠가.